안녕,
언젠가

안녕, 언젠가

Copyright ⓒ 2001 by Hitonari TSUJI
First published in Japan in 2001 under the title "SAYONARA ITSUKA"
by Sekai Bunka Publishing Inc.
Translation Copyright ⓒ 2007 by Sodam Publishing Co.
Korean translation rights arranged with Hitonari TSUJI
through Japan Foreign-Rights Centre/Imprima Korea Agency.

이 책의 한국어판 저작권은
Japan Foreign-Rights Centre/Imprima Korea Agency를 통해
Hitonari TSUJI와의 독점계약으로 소담출판사에 있습니다.
저작권법에 의해 한국 내에서 보호를 받는 저작물이므로 무단전재와 무단복제를 금합니다.

안녕, 언젠가

츠지 히토나리 지음 · 신유희 옮김

소담출판사

안녕, 언젠가

펴낸날	2007년 10월 19일 초판 1쇄
	2017년 4월 25일 초판 15쇄
지은이	츠지 히토나리
옮긴이	신유희
펴낸이	이태권
펴낸곳	(주)태일소담
	서울특별시 성북구 성북로8길 29 (우)02834
	전화ㅣ745-8566~7 팩스ㅣ747-3238
	e-mailㅣsodam@dreamsodam.co.kr
	등록번호ㅣ제2-42호(1979년 11월 14일)
	홈페이지ㅣwww.dreamsodam.co.kr

ISBN 978-89-7381-916-4 03830

- 책값은 뒤표지에 있습니다.
- 잘못된 책은 구입하신 곳에서 교환해드립니다.

차례

제1부 호청년　9
제2부 안녕, 언젠가　163

역자 후기　253

안녕, 언젠가

인간은 늘 이별을 준비하며 살아가야 하는 거야
고독이란 절대로 배신하지 않는 친구라고 생각하는 게 좋아
사랑 앞에서 몸을 떨기 전에, 우산을 사야 해
아무리 뜨거운 사랑 앞이라도 행복을 믿어서는 안 돼
죽을 만큼 사랑해도 절대로 너무 사랑한다고 해서는 안 되는 거야

사랑이란 계절과도 같은 것
그냥 찾아와서 인생을 지겹지 않게 치장할 뿐인 것
사랑이라고 부르는 순간, 스르르 녹아 버리는 얼음 조각

안녕, 언젠가

영원한 행복이 없듯
영원한 불행도 없는 거야
언젠가 이별이 찾아오고, 또 언젠가 만남이 찾아오느니
인간은 죽을 때, 사랑받은 기억을 떠올리는 사람과
사랑한 기억을 떠올리는 사람이 있는 거야

난 사랑한 기억을 떠올리고 싶어

제 1 부

호 청 년

제1장

첫인상은 믿을 게 못 된다.

1975년 8월 하순. '히가시가이토 유타카'는 '토우코'를 처음 본 그 순간, 설마 이 여인이 자신의 인생에 그토록 오랫동안, 한 줄기 아련한 감정의 빛을 드리우게 되리라곤 상상조차 하지 못했다. 눈이 마주쳤을 때도, 운명이라는 느낌은커녕 인상 비슷한 것조차 남지 않을 만큼 그의 눈에는 그녀가 들어오지 않았다.

친구인 기노시타 츠네히사에게 그녀를 소개받았을 때도 짧은 인사만 몇 마디 나누었을 뿐, 무슨 일이 일어날 만한 낌새는 전혀 느끼지 못했다. 어차피 유타카의 머릿속은 온통 약혼자인 '타즈스에 미츠코'에 대한 생각으로 가득 차 있었으니까.

만약 그 자리가 미츠코와의 결혼 소식을 동료들에게 알리기 위한 축하 자리가 아니었다면, 서른을 눈앞에 둔 혈기왕성한 나이에, 그렇듯 가벼운 인사만으로 끝나지는 않았으리라. 그것은 그날 그 자리에 있던 모든 남성들의 시선을 토우코가 한 몸에 받았다는 것만으로도 충분히 설명되고도 남는다. 그녀는 매끄러운 피부와 칠흑 같은 머리, 그리고 마치 어우러져 빛나는 두 개의 수정 같은 눈동자를 가지고 있었다. 그 시절치고는 무척 세련된 옷차림에 양 손목의 백금 팔찌가 선정적으로 반짝인 탓도 있지만, 민소매 원피스 밖으로 드러난 두 팔은 군살 하나 없이 매끈해 벗은 몸을 상상하기에 충분하리만큼 그녀는 섹시했다.

결혼 날짜를 비롯하여 세세한 사항을 전부 결정하고, 도쿄에서 이곳 방콕으로 돌아온 지 얼마 안 되었을 무렵이다. 어렸을 때부터 엄격한 아버지 밑에서 '결혼이란 입시나 취직 이상으로 인생에 중대한 영향을 끼친다'는 가르침을 받고 자랐다. 지질학의 권위자이기도 한 부친의 위엄을 우러러보며 성장한 유타카는, 그 가르침을 충실히 지켜 이미 학창 시절부터 신붓감 물색에 힘썼다. 그렇지 않더라도 워낙 훤칠한 키와 타고난 용모 덕분에 여성을 사귀는 데 별다른 어려움은 없었다.

"저 여자가 너한테 첫눈에 반했다는데."

취기가 오른 기노시타가 유타카의 가느스름한 눈을 들여다보며 반 놀림조로 말했을 때도, 유타카의 머릿속에는 도쿄를 떠나오기 전날 밤, 데이고쿠 호텔에서 보낸 미츠코와의 달콤했던 시간이 농염하게 스치며 마음을 안타깝게 조여 오고 있었다. 할 수만 있다면 지금 당장이라도 도쿄로 돌아가 미츠코를 다시 안고 싶었다.

미츠코는 결코 미인이라고는 할 수 없지만, 몸짓이며 분위기가 사랑스러운 여자였다. 유타카의 부친이 교편을 잡고 있는 도쿄대학 대학원을 갓 졸업한 그녀의 프랑스와 이탈리아 예술 전반에 관한 풍부한 지식은 언제 들어도 지루하지 않았다. 그렇다고 자신의 그런 점을 과시하는 일도 없을뿐더러, 그윽하고 고상한 성품은 명문가 출신인 어머니의 피를 물려받았다고나 할까, 참으로 겸허했다. 게다가 가족의 애정을 듬뿍 받으며 귀하게 자란 탓인지 무척이나 우아하다. 밝고 순수한 건 말할 것도 없고, 성장 면에서도 어느 곳 하나 나무랄 데가 없어서, 오히려 그런 완벽함이 유일한 결점이라고 할 만큼 재색을 겸비한 여성이었다.

언제든 한두 걸음 물러나 생각할 줄 알고, 조심스럽게 자신의 의견을 말하면서도 목소리가 야무진 재원다운 면이 신중에 신중을 기하며 살아온 유타카의 마음을 붙잡았다. 결혼을 한다면 반드시 이런 여성이어야 한다는 생각으로 난생처음 초점을 맞출 수 있었던 귀중한 상대였다. 그리고 무엇보다 유타카의 부친, 유타카가 마음 깊이 존경하는 히가시가이토 도시로의 눈에 든 최초의 여성이었다.

미츠코와의 결혼을 보고하는 그 자리에 어떤 연유로 토우코가 나오게 됐는지 유타카는 알지 못했다. 일본인회 청년부의 실세이기도 한 기노시타가 아마 어딘가에서 발견하여 남자들뿐인 칙칙한 모임에 꽃을 곁들일 셈으로 데려왔을 게 뻔하지만, 적어도 그 시점에서의 유타카에겐 아무래도 상관없는 일이었다.

'석류나무'는 일본인이 운영하는 맥주 바로, 방콕의 주요 환락가인 팟퐁 거리 한가운데 위치하고 있었다. 손님은 일본계 기업에 근무하는 일본인 남성들이 대부분이었다. 어둑어둑한 실내에는 일본 가요가 잔잔히 흐르고, 벽에는 선술집풍의 손 글씨 메뉴가 어지럽게 붙어 있었다. 그곳은 1975년 당시, 고향을 그리워하는 젊은 기업 전사들에게는 방콕 내 유일한 휴식의 장이었다. 메이지 시대 때부터 일본과 연이 깊은 태국이었으나, 당시 이 거리에 상주하는 일본인은 6천 명 정도로, 그다지 빈번하게 일본과 태국을 오갈 수 있는 시절은 아니었다. 그런저런 이유로 청년 주재원들은 직장을 벗어나 이렇게 모여 동향인들끼리의 교류를 다지는 기회를 자주 가졌다.

'석류나무'에는 입구 근처에 작은 카운터가 있다. 토우코는 그곳의 높은 의자에 앉아 낮은 테이블을 둘러싸고 스크럼이라도 짜듯이 어깨를 맞대고 이야기하는 남자들을 멀찌감치 바라보고 있었다. 이윽고 기노시타가 유타카에게 토우코를 소개했을 때, 마치 그것이 신호라도 되는 양 일본인회 청년들은 드러내 놓고 쳐다보지 못한 그동안의 울분을 씻어 내려는 듯이 일제히 토우코를 돌아다보았다. 그러나 그녀는 남자들의 시선을 한 몸에 받으면서도 움츠러드는 기색 하나 없이, 이전보다 한층 강한 시선으로 유타카를 응시했다.

카운터 위에서 내리쬐는 한 줄기 파르께한 빛이 마치 무대 위의 연출처럼 그녀를 부각시키고 있었다. 유타카는 남자들의 어깨 너머로 이런 그녀의 강렬한 시선을 받았다. 미인이네, 라고 기노시타에게 한마디 한 걸 보면 전혀 느낌이 없었던 것도 아니었다. 하지만 그런 특별할 것 없는 간살도 잠시, 다음 순간 누군가가 미츠코와의 마지막 밤을 들먹이며 놀리는 바람에 유타카의 마음은 다시 달콤했던 그 시간으로 되돌아가 4,600킬로미터나 떨어진 일본으로 날아갔다.

미츠코의 서투른 키스며 애무조차 유타카에게는 큰 만족을 주었다. 오히려 그녀가 잠자리에서 서툴면 서툴수록 유타카는 그녀의 얕은 경험에 안도감을 느꼈다. 그리고 자신이 조금씩 이 여인을 개발하고 다듬어 가고 있다는 생각이 들면서 미츠코가 한층 더 사랑스럽게 느껴졌다.

히가시가이토도 좋은 시절 다 갔군, 하며 웃고 떠드는 사이에 토우코의 존재도 점차 사그라졌다. 히가시가이토 유타카는 동료들에게 고국에서 자신을 기다리는 미츠코 이야기를 전하는 동안, 자신 속에 살아 숨 쉬는 미래에 대한 확고한 열정을 느꼈다. 결혼이란 뭘까, 하고 또 다른 누군가가 말문을 열었을 때, 유타카는 '가족이라는 배를 만드는 공동 작업'이라고 명쾌하게 답변하여 또 한 번 동료들의 갈채를 받았다. 즐겁고 가슴 뿌듯한 시간이었다. 동료들의 얼굴에서 미소가 끊이지 않고, 술잔은 연거푸 허공에서 부딪쳤으며, 유리의 건조한 음색과 함께 건배를 외치는 굵직한 목소리의 합창이 울려 퍼졌다.

토우코는 그렇게 완전히 잊혀졌다. 유타카는 그녀의 존재 따위는 의식 한구석에조차 담아 두지 않았다. 그로부터 일주일 후, 그녀가 느닷없이 유타카의 집으로 들이닥칠 때까지는.

일요일. 저녁이라지만 방콕은 여전히 섭씨 30도를 웃도는 더위가 수그러들 줄 몰랐다. 일본인회 연식 야구부에 소속된 유타카는 일본인 학교 운동장에서 치러진 오후 연습에서 막 돌아와, 아직 샤워도 못한 채 팬티 바람으로 창문부터 열고 방 안 공기를 환기시키는 중이었다.

문득 노크 소리가 들리기에, 근처에 사는 태국인 청년 스테이프 맨션더너인가 싶어 대충 아랫도리에 타월을 두르고 문을 열었다. 그런데 그곳엔 악덕 여행사에서 가이드로 근무하는 스테이프의 검게 그을린 얼굴이 아니라, 분단장한 기생처럼 새하얀 피부를 지닌 토우코가 서 있었다. 물론 여자의 얼굴을 보자마자 '석류나무'에서 만난 그 여자임을 기억해 낸 것은 아니다. 맨 처음 눈에 들어온 것은 그녀가 입고 있던 분홍색 옷이었다. 위에는 역시 민소매 블라우스에 아래는 무릎 위 20센티미터는 됨 직한 미니스커트. 키에 비해 길쭉길쭉한 팔다리가 생생하게 드러나 있는 그 모습은, 오히려 벌거벗은 여성이 눈앞에 있는 것보다 훨씬 더 외설적이었다. 손에는 글라디올러스 꽃다발을 들고, 머리에는 마치 할리우드 스타인 양 큼직한 선글라스를 톡 하니 얹고 있었다. 그런 모습으로 용케 여기까지 왔다 싶을 만큼 1975년의 방콕, 아니 그곳이 일본이었다 해도 그녀의 차림새는 유별나게 화려했다.

한마디 인사도 없이 실내로 들어선 토우코는 들고 있던 글라디올러스 다발을 테이블 위에 던져 놓고 곧장 창가로 걸어가, '스쿰빗 소이1'로 불리는 골목의 풍경을 흘끗 내다보는가 싶더니 기운차게 커튼을 닫기 시작했다. 실내가 점차 어두워짐에 따라 유타카의 기억이 서서히 되살아났고, 그날 보았던 그녀의 강한 시선도 생각이 났다. 여자를 들이자마자 현관문을 잠가 버린 순간적인 판단은, 남성의 본능이라 해도 좋을 동물적인 감에서 기인한 것이었다. 유타카는 앞으로 벌어질 일을 명확히 예감했던 것이다.

"뭡니까, 당신."

떨리는 목소리로 입을 뗐다. 하지만 토우코의 손이 민소매 블라우스 단추에 가 닿고, 옷을 벗으려는 것임을 깨달은 순간 이미 그의 말은 의미를 잃고 말았다. 재차 그 자신에 찬 강한 시선이 유타카의 눈을 똑바로 응시하였다. 유타카는 어둑어둑한 방 한

가운데서 우왕좌왕할 뿐 어찌지 못하고, 하나하나 단추를 풀어가는 여자의 모습을 그저 뛰는 가슴으로 보고 있었다. 크고 까만 눈동자가 구불구불한 머리카락 사이에서 흔들리며 빛났다. 블라우스 등 쪽에 단추가 달려 있던 탓에 그녀의 몸은 약간 앞으로 기울었고, 두 손은 뒤로 묶인 양 뒤틀리고 일그러진, 그러나 무척이나 섹시한 모습을 자아냈다. 단추를 다 풀더니 블라우스를 벗다 말고 이번에는 미니스커트의 호크로 손을 가져갔다. 물 흐르듯 능숙한 손놀림. 마치 패션쇼장의 모델이 디자이너 앞에서 옷을 갈아입듯 담담한 모습이었다. 신기하게도 여자에게는 부끄러워하는 기색이 전혀 없었다. 무슨 일이 일어났는지, 왜 이런 일이 생겼는지 의심할 겨를조차 주어지지 않을 정도의 기습 공격. 스커트가 먼저 흘러내리고, 동시에 블라우스를 벗어 던지는가 싶더니 돌연 눈앞에 속옷만 걸친 여자가 등장하고 말았다.

토우코는 마치 십 년 사귄 연인이라도 되는 양, 유타카의 팔을 잡아 침대 쪽으로 끌어당겼다. 그때 비로소 유타카는 그녀에 대한 확실한 인상을 갖게 되었다. 정확히 말하면 두 번째 인상이겠지만, 이 두 번째 인상이야말로 그의 마음을 끌어당기기에 충분했다.

팔을 잡아끄는 엄청난 인력을 느끼면서 유타카는 토우코를 태양 같은 사람이라고 생각했다. 방콕의 하늘을 달구는 저 노랗고 거대한 남국의 태양 같다고.

토우코는 한눈에 봐도 자신의 몸에 상당한 자신감을 가지고 있다는 걸 알 수 있었다. 자신이 없다면 저토록 대담하게 나올 수 없겠다 싶을 만큼 그녀는 당당했다. 실제로 그녀의 몸은 자그마하면서도 무척 성숙했다. 피부에도 탄력이 있었다. 가슴과 허리와 다리를 아낌없이 드러낸 그녀는, 유타카가 흥분하는 기색을 보이자 파도처럼 휙 몸을 당겨 유타카의 아직 어린 마음을 한껏 희롱했다. 운동으로 단련된 듯한 굽이치는 허리는 아름다운 곡선을 그려 내고, 손길이 닿기 무섭게 싱싱하게 튀어 오른 육체는 어슴푸레하게 비쳐 드는 저녁 햇살 아래 둔부의 매끄러운 윤곽을 또렷이 부각시켰다.

토우코를 안으며 미츠코를 떠올리지 않은 건 아니다. 그러나 이 뜨거운 방콕의 열기 속에서 나신의 이성을 무시할 수 있을 만한 남자는 없었다. 더구나 토우코의 육탄 기습에는 이치를 뛰어넘는 설득력이 있었다. 토우코의 몸엔 어느 곳을 눌러도 콸콸 넘쳐흐르는 수맥이 있었다. 비교해선 안 된다고 스스로를 타이르면서도 유타카는 못내 농염한 맛이 덜한 미츠코와의 섹스를 떠올리고, 그것이 육체적으로 뭔가 아쉬움을 느끼고 있던 그의 설익은 마음을 자극하며 한층 흥분을 몰고 왔다.

그녀의 새된 신음 소리는 온 동네에 울려 퍼지는 게 아닐까 싶을 만큼 화려했다. 당황하여 입가를 누르지만, 손끝으로 새어 나오는 애달픈 음성과 입술의 감촉, 더욱이 견디다 못한 그녀가 유타카의 손가락 밑동을 깨물며 유타카의 가슴에 불을 질렀다. 그 순간만은 4,600킬로미터 떨어진 도쿄의 약혼자보다 눈앞의 벌거벗은 여성에게 더 마음이 쏠렸다. 토우코도 유타카의 에너지가 소진될 때까지 고삐를 늦추지 않았다. 흥분시킬 수 있는 모든 기술과 정열을 쏟아 부음으로써, 움츠러들려는 그의 마음을 서서히 해방시켜 나갔다.

이 자신에 찬 육탄 기습 작전에 의해 유타카는 여지없이 희롱당하고, 그때까지 미즈코를 향한 견고했던 마음이 흔들리면서 적잖이 감정을 빼앗겼다.

미즈코의 경우, 결코 먼저 나서서 섹스를 요구하는 여자는 아니었다. 처음 두 사람이 하나가 되었던 날도 미즈코는 끈질기게 저항했다. 옷을 벗기려 들자 안 돼요, 하면서 자신의 몸을 두 팔로 감쌌다. 그러다가 간신히 단추를 푸는 단계에 이르자, 어지간한 미즈코도 체념한 듯 불을 꺼 달라고 애원했다. 마치 겁먹은 작은 동물처럼 귀여운 수줍음이 묻어나는 목소리였다. 미즈코는 어둠을 요구했다. 아주 희미한 불빛조차 허용하지 않았고, 너무 어두워서 당신 얼굴이 보이지 않는다며 불평해도 들어주지 않았다. 결국 두 사람은 아무것도 뵈지 않는 암흑 속에서 더듬거리며 일을 치렀다. 머릿속에는 서로 맞닿은 부분만이 선정적으로 떠오르고, 그것이 오히려 유타카에게는 신선한 자극으로 다가왔다. 물론 캄캄하다고 해서 쉽사리 몸을 포갤 수 있었던 것은 아니다. 어둠 속에서 격전을 치르고 나서야 미츠코는 온몸의 힘을 풀었다. 하지만 그녀는 남자 앞에서 다리를 벌린다는 행위 자체가 마치 신을 거역하는 파렴치한 짓이라도 되는 양, 고집스럽게 두 다리를 오므렸다. 그녀가 다리를 벌리기까지 거의 온밤을 소비했을 정도다. 결혼 날짜를 잡은 그날 밤조차, 얼굴이 보고 싶다는 유타카의 간절한 바람을 완강히 거절한 미츠코는 불 켜는 것을 허락하지 않았다.

모든 것이 끝나고 옆에 누운 알몸의 토우코를 보았을 때, 유타카는 비로소 자신이 저지른 일에 대해 동요했다. 천장을 보고 누워 정사의 여운을 반추하면서도, 멀리 일본 땅에서 자신과 결혼할 날만을 손꼽아 기다리고 있을 순정한 미츠코를 생각하니 입끝이 떨렸다. 그래도 차려진 밥상을 마다하는 것은 남자의 수치라는, 변명 같은 말을 속으로 되뇌는 것 외에 이 사고와도 같은 섹스의 전말을 설명할 길은 없었다.

대체 앞으로 어떻게 되려고 이러는지. 토우코를 품 안에 끌어안으면서도 전혀 현실성 없는 감각으로 다시 한 번 천장을 바라보았다.

밤의 장막이 드리워진 어두운 실내에서 복잡한 심경에 빠져 있을 때, 몸을 일으킨 토우코가 바로 위에서 유타카를 내려다보았다. 앞머리를 쓸어 올릴 때마다 들여다보이는 그녀의 얼굴은 의외로 웃음을 띠고 있었다. 머리맡에서 웃는 그 얼굴이야말로 사실상 처음 제대로 보는 그녀의 얼굴이었다.

자그마한 얼굴 중간쯤에 까맣고 또렷한 눈동자가 둘. 흰자위보다 검은자위가 차지하는 비율이 더 큰 탓인지 눈빛이 예리해 보인다. 피부는 확실히 희고 투명한 느낌이었다. 열대의 나라 태국에서 어떻게 이토록 흰 피부를 유지할 수 있을까. 아직 이곳에 온 지 얼마 안 되었는지도 모른다. 그러다 문득 그녀의 출신지며 직업, 인격, 성격, 하다못해 혈액형 비슷한 것조차 알지 못한다는 데 생각이 미쳤다. 나이도 짐작하기 어려웠다. 다분히 계산적인 눈빛을 하고 있을 때면 어른스러운 분위기가 넘치지만, 그와는 대조적으로 돌연 어린애 같은 천진난만한 미소를 흘릴 때도 있었는데, 그럴 때면 오히려 자신보다 아래로 보였다. 토우코라는 이름만 기노시타한테 들어서 알 뿐, 그것 말고는 그녀에 대해 아는 것이 하나도 없었다. 누군지도 모르는 여성을 끌어안았다는 사실 앞에서, 지금껏 견실한 인생을 살아온 유타카는 자신의 불가사의한 행동을 설명할 길 없어 난감할 따름이었다.

"무슨 생각하는지 알아맞혀 볼까?"

어둑어둑한 실내에 토우코의 발랄한 목소리가 울려 퍼졌다. 그녀가 유타카의 가슴에 팔을 얹고 턱을 괴었다. 웃고 있는 눈과 달리 입 끝에 힘이 들어가 있어서 희롱당하는 듯, 시험당하는 듯 불쾌한 기분에 휩싸였다.

"됐어요, 맞히지 않아도."

유타카는 내뱉듯이 대꾸했다. 스스로 생각해도 희한하다 싶을 만큼 응석 어린 말투에 토우코는 풋 하고 웃음을 터뜨렸다.

"내게 약혼자가 있는 줄 뻔히 알면서."

잠시 기색을 살핀 후, 어둠을 향해 불평하듯 낮은 소리로 말해 보았다. 그날 밤, 친구인 기노시타는 '저 여자가 너한테 첫눈에 반한 모양'이라고 했다. 동료들에게 결혼 소식을 전하는 자리에 서 있었던 일이다. 아무리 생각해도 이 토우코라는 여자는 보통이 아닌 것 같았다.

"물론 잘 알고 있지. 그날 당신이 얘기했잖아."

"그런데 어째서?"

"하지만 아직 그 사람과 결혼한 건 아니잖아."

토우코는 무서운 말을 입에 올리고는 잇몸이 보이도록 함박웃음을 지어 보였다. 신기하게도 유타카에게는 그 모습이 왠지 사랑스럽게 느껴졌다. 유타카는 또다시 들썩이는 자신의 마음에 머릿속이 혼란스러워졌다.

무엇보다, 이 여자의 행동은 수상하기 짝이 없다. 미츠코의 부모님이 고용한 정탐꾼일 가능성도 있었다. 유타카가 근무하는 이스턴 에어라인의 창업주와 미츠코의 부모님은 혈연관계에 있었다. 따라서 미츠코와 결혼하게 되면 유타카의 장래도 어느 정도는 보장되는 셈이다. 그러나 상대는 태평양 전쟁 이전부터 이어져 온 재벌가. 소행을 조사받을 가능성도 있었다. 약혼자가 있으면서 잘 알지도 못하는 여자와 잠자리를 가질 만한 남자였다는 보고가 들어가는 날엔 모든 것이 끝장이다. 거기까지 생각이 미치자 등줄기가 서늘해지면서 여자의 미소가 섬뜩하게 느껴졌다.

"당신, 날 어떻게 생각하는데?"

상대의 안색을 살피면서 은근슬쩍 추궁하자, 그녀는 후후 웃고 나서 첫눈에 반했다고 천연덕스럽게 대꾸했다.

"당신이 갖고 싶어졌어."

"갖고 싶어졌다고?"

"응. 너무너무 갖고 싶어서 견딜 수가 없었어."

"어째서?"

"그러니까, 루이뷔통 백이 갖고 싶어지는 것과 같은 이치야."

설명이 되지 않는다며 반박했으나, 돌아온 것은 말이 아니라 입맞춤이었다. 그러고 보니 서로를 안을 때, 유타카는 다른 건 몰라도 키스만큼은 쉽게 되지 않았다. 미츠코 생각에, 토우코 쪽에서 키스를 하려 들 때면 무의식적으로 입술이 꽉 다물어졌다.

그러나 토우코는 숨 돌릴 겨를도 없을 만큼 집요하게 유타카의 입술을 빨아들였다. 처음에는 거부하던 유타카였지만, 너무나 진심 어린 키스에 완강했던 마음이 점차 녹아들더니 급기야 자신 쪽에서 그 부드러움을 갈망하기에 이르렀다. 여기에서 또 한 번 유타카는 토우코와 미츠코를 비교하고 말았다. 이래선 안 된다고 스스로를 질타하지만, 억누르면 억누를수록 욕망은 오히려 더 불타오르고, 유타카 역시 토우코의 입술을 세차게 빨았다.

끝났나 싶으면 누가 먼저랄 것도 없이 다시 빨아들이기를 수차례. 마침내 길고 긴 입맞춤이 끝나자 유타카는 얼얼한 입술에 취해 자신이 무일 물으려 했었는지조차 까맣게 잊고 말았다.

"좋아해."

토우코의 느닷없는 말에 유타카는 갑자기 현실로 돌아왔다. 조그맣게 도리질 쳐 보았으나, 토우코는 마냥 미소만 지을 뿐 진지하게 받아들여 줄 것 같지 않았다.

그리고 나서 젊은 두 사람은 다시 한 번 서로를 안았다. 이번에는 토우코가 침대 옆의 조명 스위치를 눌러 실내에 눈부신 빛이 흘러넘치는 가운데, 서로의 얼굴을 바라보며 섹스를 했다. 한참 하나가 되어 있는 순간에도 토우코는 줄곧 유타카의 눈을 응시했다. 유타카도 그녀에게서 눈을 떼지 못했다. 일찍이 이토록 적극적으로 밀어붙이는, 강력한 직선포와도 같은 섹스를 경험한 적이 없었기에 유타카는 욕망의 늪으로 빠져드는 자기 자신에게 우선 놀랐다. 더구나 두 번째임에도 한층 신선하게 느껴지는 것은 왜일까. 유타카는 토우코를 끌어안으며 내심 신기한 생각이 들었다.

새벽녘, 세 번째 섹스가 끝난 후, 토우코는 날이 밝길 기다리지 않고 돌아가겠다며 옷을 챙겨 입었다.

"이 시간에 그런 차림으로 어딜 가겠다고."

분홍색 옷으로 몸을 감싼 그녀를 붙들어 앉히기 위해 현관문을 막아선 유타카를 토우코가 끌어안는다.

"날 걱정해 주는군요. 기뻐라."

유타카는 여우한테 홀린 듯한 얼굴로 토우코를 내려다보았다. 그리고 거기서 다시 한 번 그녀와 짧은 입맞춤을 했다.

"됐으니까, 당신은 그만 자요. 야구 연습도 있었고, 오늘 많이 피곤했을 테니까."

"야구? 설마, 거기에 있었어요? 시합을 보고 있었던 겁니까?"

"그래요. 홈런 쳤죠? 멋졌어요."

"그럼, 내 뒤를 따라왔다는······?"

"맞아, 당신 뒤를 따라 여기까지 왔어."

또다시 토우코의 입술이 와 닿기에 끌어안으려 하자, 내일 또 만나요, 하는 말을 내뱉고는 그의 품을 미끄러지듯 빠져나갔다. 잠긴 현관문을 열더니, 그녀는 완전히 서늘해진 소이1 거리를 향해 나가 버렸다. 그러나 쫓아갈 수 없었다. 상대가 미츠코였다면 바로 뒤쫓아 가 무조건 바래다주었을 텐데. 유타카는 계단 위로 불어오는 밤바람에 화끈거리는 몸을 맡긴 채 한참 동안 맥을 놓고 서 있었다. 현관문에 손을 얹은 채 그녀가 사라진 어둠 저편을 조용히 바라보며, 그녀가 남기고 간 무언가 정체 모를 괴이한 존재감 같은 기운을 남몰래 덧그리는 수밖에 없었다.

제2장

　호청년. 그것이 히가시가이토 유타카의 별명이었다.
　초창기, 그러니까 그가 태국에 처음 건너온 20대 후반에 얻은 별명으로, 당시에는 물론 좋은 뜻에서 붙여진 이름이었다. 그가 호청년으로 불리게 된 계기는, 매년 9월 태국 일본인회 산하 부인회에서 개최하는 챌리티 바자회에 회사의 기부품인 텔레비전을 갖고 들어가면서부터다. 학창 시절 야구 선수 출신으로, 키도 훤칠하고 큰 체구에 비해 달콤한 마스크의 소유자인 유타카를 해외에 거주하는 일본인 사모님들이 그냥 내버려 둘 리 없었.
　단정하고 밝은 분위기에 서글서글한 성격이 사람들의 마음을 끌었다. 그리고 그날 이후 각종 행사 때마다 부인회 일을 거들게 되면서, 그녀들의 입을 통해 호청년이라는 별명이 방콕 내 일본인들 사이에 퍼져 나갔다. 다소 과장되게 말하면, 그의 인기는 가부키 배우에 버금갈 만한 것이어서 부인회에 그의 팬클럽까지 생겨날 정도였다.
　그러나 그 명예로운 별명도 토우코가 등장해 그의 주변을 맴돌게 되면서부터는 다른 의미에서, 요컨대 한껏 비아냥거림을 담아 불리게 되었다. 나중에 미츠코가 방콕으로 건너오고 난 후에도 이 호청년이라는 별명을 수차례 듣게 되지만, 그 말에 포함된 또 하나의 의미를 미츠코는 전혀 눈치 채지 못했다.

히가시가이토 유타카와 토우코가 격렬하게 하룻밤을 보낸 바로 다음 날, 퇴근 무렵이 되어 느닷없이 토우코한테서 함께 저녁을 먹자는 전화가 걸려 왔다. 유타카는 아침부터 내내 일이 손에 잡히지 않아 멍하니 어젯밤의 사건을 반추하던 참이었다. 그 탓에 상사인 사쿠라다로부터 "어이, 호청년, 뭘 그리 넋 놓고 있나."라는 핀잔도 여러 차례 들었다. 어쨌든 약속 장소와 시간을 정하고 전화를 끊었지만, 마음은 우울하기 그지없었다.

일찌감치 어학의 중요성을 강조한 부친의 교육 덕택이랄까, 영어에 능통했던 유타카는 일본을 대표하는 항공 회사 이스턴 에어라인(EA)의 홍보부에 근무하고 있었다. 핵심 업무는 새롭게 취항한 아시아 노선의 홍보 활동이었다. 그중에서도 중요한 일은 상사인 사쿠라다를 보좌하여 방콕에 거주하는 5천, 아니 6천 명에 이르는 재류 교민, 일본인 사회와의 관계 구축 및 안정된 고객 확보를 위한 PR 활동이었다. 그 가운데서도 1,500여 명의 회원을 거느린 태국 일본인회야말로 유타카에게는 가장 중요한 최고의 고객이었다.

유타카는 일본인회 속으로 파고들어 재류 교민들과 안면을 트고, 그들의 창구가 되는 것을 주요 업무로 삼고 있었다. 그 때문에 바자회를 비롯한 각종 행사가 있을 때마다 경쟁사에 선수를 빼앗기지 않도록 가장 먼저 달려가 솔선하여 일을 돕고, 특히 지갑 끈을 쥔 주부층을 파고드는 데 총력을 기울였다.

당시 동남아시아에는 방콕과 싱가포르 단 두 곳에만 EA 주재 사무소가 있었고, 노선도 이제 막 뚫린 참이었다. 그중 EA 방콕 홍보부는 아시아 전략의 거점이라는 인식 아래 주재 사무소 한 구석에 공간이 마련되어 있었다. 일본인 스태프 세 명과 현지인 스태프 두 명으로 구성된 홍보부 내에서, 유타카는 40대 중반의 상사 사쿠라다 다음으로 직책이 높았다.

유타카는 퇴근 후 팟퐁 거리로 놀러 가자는 사쿠라다의 제안을 몸이 안 좋다는 이유로 거절하고 서둘러 약속 장소로 향했다.

유타카와 토우코가 만나기로 한 곳은 차오프라야 강변에 위치한 호텔 '오리엔탈 방콕' 로비였다. 실롬 거리에 위치한 사무실에서 그곳까지는 유타카의 걸음으로 10분쯤 걸렸다. 홍테우(연립주택)로 불리는 3, 4층짜리 낮은 건물들이 늘어선 차런크룽 거리로 나서자, 얼마 안 가 오리엔탈 방콕의 위치를 표시하는 간판이 왼쪽에 보였다. 하지만 'The Oriental Bangkok'이라 적힌 간판을 끼고 돌아도 호텔 건물이 바로 눈에 들어오지는 않았다. 수상 버스 선착장까지 이어지는 200미터가량의 골목 양옆으로 기념품 가게들이 늘어서 있고, 꽉꽉 들어찬 노점들이 시야를 가렸다. 낡고 구깃구깃한 티셔츠 차림의 남녀 상인들이 닭 꼬치, 돼지 불고기, 경단, 생선 튀김 따위를 팔고 있었다.

좁은 골목인데도 그 끝에 호텔과 선착장이 있어서인지 '뚝뚝이'로 불리는 오토 삼륜 택시와 일제 소형 오토바이들이 길을 메우고, 그 소음과 배기가스로 인해 골목은 어수선했다. 사람들의 반짝이는 눈과 웃을 때면 드러나는 하얀 치아만 눈에 들어왔다. 도쿄에서 나고 자란 유타카는 한동안 방콕의 약동감이 피부에 맞지 않아 극심한 향수병에 시달렸다. 그러나 방콕 생활 2년째를 맞는 지금은 현지인들의 타고난 소박함에 굳었던 마음이 풀어지기 시작하면서, 그때까지 보이지 않았던, 보려고 하지 않았던 인간미 넘치는 이 거리의 좋은 면을 깨달아 가는 중이었다. 소음과 아시아적인 생명력에 리듬을 맞추는 요령을 익혀 최근에는 오히려 친근감을 느낄 정도였다.

관광객이며 현지인들 틈에 섞여 걷고 있자니, 돌연 오른쪽에 야자수 우거진 일각이 나타났다. 그러나 미국계 대형 호텔의 모습과는 분위기부터가 다른―확실히 전통은 느껴지지만―수수한 입구가 얼굴을 드러냈다. 호텔 현관까지 이어지는 완만한 비탈길을 다 오르면 이윽고 메인 엔트런스가 출현한다. 도어맨들의 미소와 손을 가슴께에 모으고 기도하는 듯한 포즈의 태국식 인사를 받으면서도, 세계의 명물이라 일컬어지는 오리엔탈 방콕에 발을 들여놓는다는 기분이 전혀 들지 않았다.

15층짜리 리버윙이 새로 들어섰다지만, 그 건물을 포함해도 호텔 부지는 하와이나 카리브의 리조트 호텔에 비해 너무나 좁고, 무엇보다 그다지 돋보이지가 않았다.

이 나라에 부임한 이후 줄곧 품고 있는 의문이지만, 엔트런스를 지나 태국 양식으로 꾸며진 로비 한가운데에 들어서고 나서도 어째서 이곳을 아시아 제일의 호텔이라고 하는지 유타카는 선뜻 이해가 되지 않았다. 천장에 달아 놓은 낡고 거대한 아시아풍 샹들리에며, 유리 벽 맞은편에 보이는 그리 넓지 않은 풀장, 그리고 홀 안쪽에 덧붙여 놓은 것 같은 작고 아담한 프런트 따위를 그저 신기한 마음으로 바라보았다.

정말 근사한 호텔이라며 입을 모아 칭찬하는 일본인회 사람들 말만 믿고 유타카 역시 아시아 제일의 호텔이라 치켜세우곤 했지만, 내심 아버지를 따라 곧잘 드나들었던 일본의 오쿠라 호텔이라든지 데이고쿠 호텔 쪽이 단연 격이 높지 않을까, 하는 싸늘한 생각이 들었다.

토우코는 어제 못지않은 화려한 차림으로 로비 중앙 의자에 앉아 있었다. 옅은 블루 빛의 큼직한 물방울무늬가 들어간 원피스는 몸에 딱 달라붙는 데다 허리 라인이 돋보여 외국인 관광객들의 시선을 집중시켰다. 우아한 향기를 풍기며 굽 높은 샌들을 신고 고급 백을 무릎 위에 올려놓은 그 모습은 귀부인이라기보다 물오른 여배우처럼 화려했다. 유타카는 그녀의 모습을 보고 빈곤과 맞서 싸우는 이 나라 사람들을 생각하며 크나큰 위화감을 느끼지 않을 수 없었다.

유타카를 발견한 그녀는 서로 통하는 사람들끼리나 함 직한, 눈을 질끈 감아 보이는 신호를 보냈다. 더구나 그러한 행동이 상대를 위축시킨다는 것을 전혀 알아차리지 못하는 듯이 명랑함을 발휘하여. 예상치 못한 그녀의 행동에 어찌할 바를 모르는 유타카의 표정이 얼어붙었다.

토우코는 남의 시선 따위 전혀 겁낼 것 없다는 듯이 끌어안을 듯한 기세로 다가와 팔짱을 끼며, "가요." 하고 유타카를 잡아끌었다. "어디로?" 하고 묻는 유타카의 말에 우리 집으로, 하고 웃는다. 달콤한 향이 은근하게 욕망을 자극했다. 휘감기는 그녀의 하얀 피부가 간밤의 일을 생각나게 했다. 오늘 밤도 안게 되려나. 토우코의 옆얼굴을 훔쳐보며 그런 생각을 떠올린 유타카는 온몸에 께느른한 욕망이 번지는 것을 느꼈다.

그런데 토우코는 호텔 밖으로 나가는 것이 아니라, 신관 프런트 반대쪽에 위치한 가드윙으로 불리는 구관을 향해 걷기 시작했다.

"당신 집으로 가는 게 아니었어?"

"맞아. 그러니까, 여기."

토우코는 발밑을 가리켰다.

"어련하시려고."

유타카는 농담에 맞장구치듯 미소로 답하고, 그녀가 멈춰 서서 발길을 돌리길 인내심을 가지고 기다렸다. 그러나 그런 유타카는 아랑곳없이 토우코는 벨 보이들로부터 한층 정감 어린 인사를 받으며, 오랜 전통이 느껴지는 복도를 따라 걸어갔다.

뭐해요, 하고 돌아본 토우코의 목소리가 유타카에게 현실을 일깨워 주었다. 황급히 그녀를 뒤쫓았으나, 훤히 알고 걷는 그녀를 따라가기에 바빠 미소를 보내오는 벨 보이들에게 웃는 얼굴로 답할 여유가 없었다. 심장은 왜 그런지 집요하게 맥박 치고, 말은 목구멍을 통과하지 못하고…… 그야말로 이국땅에 내던져진 어린아이 같은 심정이었다.

토우코가 가방에서 낡은 열쇠를 꺼낼 즈음에서야 비로소 유타카는 "당신 여기 살아요?" 하고 물을 수 있었다. 영화 세트장을 연상시키는 전통적인 모습의 구관은 이 호텔이 지어졌다는 19세기 때부터 현존하는 가장 오래된 저층 건물이었다. 복도는 천장이 높고, 궁전 안을 걷는 듯한 장엄한 분위기가 감돌았다. 어쩐지 이색 지대에 발을 들여놓은 것처럼 선뜻한 공기에 피부가 민감하게 반응했다.

이윽고 토우코가 멈춰 선 곳은 높이가 5미터쯤 돼 보이는 방문 앞. 벽에 걸린 팻말에 '서머싯 몸 스위트'라고 적혀 있었다. 몇몇 스위트룸에 호텔과 연이 있는 작가의 이름이 붙여졌다는 이야기를 들은 적이 있는데, 이곳이 그중 하나였다. 자신과 별반 나이 차이도 안 나 보이는 여성이 오리엔탈 방콕의 스위트룸에서 지내고 있다니, 완전히 예상 밖이었다. 호기심과 어제 이상의 불안이 맞서 싸우는 가운데 유타카는 주눅 든 초등학생처럼, 혹은 시종처럼 잠자코 그녀 뒤에 서서 대기하는 수밖에 없었다. 시대가 느껴질 만큼 모나고 크기만 한 낡은 열쇠를 열쇠 구멍에 넣고 딸깍딸깍 돌리는 토우코의 뒷모습을 응시하면서 호청년은 여전히 의심의 빛을 거두지 못했다. 예스러운 분위기에 현혹되어선 안 된다. 백 년 이상 된 호텔이라고 해서 섭벅을 필요는 없다. 토우코와 같은 젊은 여성이 빌릴 정도니, 분명 그에 걸맞은 방일 테지. 유타카는 이렇게 스스로를 위로하며 다시 한 번 아랫배에 힘을 모았다.

 이어서 마치 벽장문이 열리듯 문이 열리고, 토우코의 "들어가시죠."라는 한마디. 기세를 담아 안으로 들어간 유타카의 눈에 들어온 것은 마치 태국 국왕을 위해 마련된 것 같은, 장엄하게 꾸며진 방 안의 모습이었다.

 서머싯 몸 스위트는, 우선 현관을 들어서면 스무 평쯤 돼 보이는 거실이 있고, 그 옆으로 거실 넓이의 배는 됨 직한 침실, 그리고 침실 안쪽에 비밀의 방 같은 욕실이 마련되어 있었다. 사방 벽에는 남국의 꽃무늬가 아로새겨진, 화려하면서도 차분한 느낌의 진분홍색 벽지가 둘러져 있고, 두 개가 나란히 놓인 티크제 침대에는 캐노피(canopy)까지 달려 있었다. 방은 왕국을 떠올리기에 딱 좋은 의장을 갖추고 있었다. 서머싯 몸이 이용하던 무렵의 것임을 한눈에 알 수 있을 만큼 시대적인 풍모가 묻어났.

정면 유리창 밖 야자수 너머 차오프라야 강 건너편으로 저무는 석양이 보였다. 정열의 색이라고 할 만한 붉은빛이 넓디넓은 실내를 한층 정열적으로, 그리고 현란하게 물들였다. 유타카는 거실 한가운데 멈춰 선 채 움직일 수가 없었다.

만약 이 여자가 정말로 이곳에 살고 있는 거라면 대체 이 여자는 누구란 말인가. 문득 그런 의문이 솟구쳤으나, 곧바로 물어볼 만한 정신적인 여유가 남아 있을 리 만무했다.

말을 잃은 유타카를 등 뒤에서 토우코가 끌어안았다. 그녀의 손끝이 셔츠 위로 미끄러지며 근육의 윤곽을 덧그렸다. 어쩐지 값이 매겨지고 있는 듯한 기분이 들었다. 뭔가 말도 안 되는 여자와 엮여 버린 것이 아닐까, 하는 불안과 후회가 인 것도 그때였다. 눈 아래로는 강변의 테라스가 내려다보이고, 여러 개의 테이블 사이로 흰 제복을 입은 늠름한 웨이터들이 기민하게 움직이고 있었다. 그녀는 여기서 매일 아침을 먹고, 저녁이면 이렇듯 강 건너 지평선으로 기우는 석양을 바라보는 걸까. 유타카는 몸을 돌려 토우코의 얼굴을 내려다보았다.

"무슨 생각하는지 알아맞혀 볼까?"

토우코는 장난기 어린 말투로 그렇게 말한 후 키스를 졸랐다. 그것을 신호로 두 사람은 어젯밤의 연장과도 같은 격렬한 입맞춤을 나누었다. 가늘고 낭창낭창한 토우코의 몸이 유타카의 품 안에 있었다. 까치발을 한 탓인지 토우코의 몸이 가볍게 흔들렸다. 그 몸을 받쳐 주기 위해 유타카는 한층 허리를 굽혀 그녀를 꼭 끌어안아야 했다.

"맛있어."

토우코가 유타카의 입술을 빨며 말했다. 나뭇잎에 맺힌 아침 이슬이라도 마시는 것처럼 토우코는 열심히 유타카의 입술을 빨아들였다. 그러고는 그 자세 그대로 발레리나처럼 발끝을 세우고 뒷걸음질 치기 시작했다. 유타카의 등에 두른 손이 침대로 가자고 유혹했다. 두 사람은 입술을 꼭 붙인 채 상자 모양의 침대 위로 쓰러졌다. 결코 기품 있어 보이지 않는 모습으로.

두 사람은 저녁 먹을 생각도 잊은 채 몇 번이고 서로를 갈구했다. 유타카는 욕망에 몸을 맡기고 있는 동안만큼은 모든 것을 잊고 행복해질 수 있었다. 그러나 그 기분도 오래가지는 않았다.

밖이 어두워지자 마음도 따라서 어두워졌다. 그리고 오늘이 바로 미츠코한테서 국제전화가 걸려 오는 날임을 기억해 냈다. 태국과 일본을 연결하는 국제전화 요금이 3분당 3,240엔이나 하던 시절이다. 태국 시간으로 매주 월요일 저녁 여덟 시에 미츠코가 본가의 전화를 이용하여 걸기로 약속되어 있었다.

시간이 염려되어 견딜 수가 없었다. 침대 옆의 사이드 테이블 위에 시계 비슷한 것이 놓여 있었다. 상아로 만든 꽤 묵직한 시계였다. 손을 뻗어 돌려 보니, 짧은 바늘이 8 부근을 가리키고 있었다. 새어 나오려는 한숨을 토우코에게 들키지 않으려고 위 속으로 밀어 넣었으나, 다음 순간 귓가에 목소리가 들렸다.

"받아야 될 전화라도 있는 거야?"

빨라지는 고동을 들킬세라 미소 섞인 낮은 음성으로 아니, 하고 얼버무린다. 그러고는 체념하듯 베개에 얼굴을 묻으며 배가 고파서 그렇다고 했다.

이도 저도 다 간파당하는 듯한 기분이었으나, 유타카는 은근히 이와 같은 주종 관계가 마음에 들었다. 여느 때 같으면 애완동물 취급을 받는 것에 화도 났으련만, 작고 아름다운 토우코에게 리드당하는 것이 결코 싫지 않았다. 오히려 미츠코와 있을 때처럼 언제 어디서나 남자다움을 발휘하느라 애쓰지 않아도 되는 평등한 관계가 마음에 들었다. 무엇이든 토우코가 리드해 주었고, 그저 뒤따르기만 하면 되는 처지 또한 편하고 좋았다.

"무슨 생각하고 있는지 맞혀 볼래?"

모든 걸 훤히 들여다보일 바엔 차라리 단도직입적으로 묻는 편이 나을 것 같았다.

"어떻게 이런 데서 살고 있는지, 내가 대체 누구인지…… 그런 생각."

토우코는 이렇게 말하고 나서 유타카의 가슴에 턱을 괴었다. 어둠 속에서 까맣게 윤이 나는 동글동글한 눈동자에서, 유타카는 마법사의 괴이한 힘을 느꼈다. 그녀의 자신에 찬 눈동자를 보자 신기하게도 될 대로 되라는 기분이 들었다.

"가르쳐 줄까?"

유타카가 고개를 끄덕였다.

"응, 알고 싶어."

"난 말이지, 큰 부자야. 끝!"

토우코는 이렇게 말하고 웃었다. 뭐야, 그건 대답이 되지 않잖아, 하고 항의했으나 토우코는 불만의 표시로 내민 유타카의 입술을 손가락으로 막아 버렸다.

"좋아. 언젠가 때가 되면 다 말해 줄 테니까, 지금은 더 이상 묻지 말아 줘. 돈이 아주 많고, 당신을 좋아하는 것도 사실. 그거면 되는 거잖아."

"그럼, 어쩔 생각인지 알려 주겠어? 앞으로……."

여유 있어 보이던 토우코의 입매가 갑자기 굳어지는가 싶더니 슬며시 시선을 피했다. 그러나 그것은 아주 짧은 순간이었다. 이내 예의 고집스럽고 자기중심적인 모습을 되찾은 그녀는 이전보다 한층 힘 있게 미소 지으며 말했다.

"나 혼자 결정할 일은 아니지."

그 후, 호텔 내 고급 프랑스 요리점 '노르망디'로 자리를 옮겼다. 거기서도 그녀는 유명해서, 지배인이 달려 나와 웃는 얼굴로 맞았다. 토우코는 유창한 영어로 지배인과 조용조용 이야기를 나누고, 곧이어 지배인은 식당 중앙에 위치한 2인용 테이블로 두 사람을 안내했다. 한 단 높은 곳에 앉은 것처럼 눈에 잘 띄는 자리로, 테이블클로스도 다른 자리는 다 흰색인데 유독 그 자리만 붉은색이었다.

토우코는 마치 이곳 유지와도 같은 당당한 태도로 주문을 마치고는 지배인이 보는 앞에서 유타카의 손을 잡았다. 일순 지배인과 눈이 마주쳤으나 간살웃음에 더하여 어깨를 으쓱해 보이는 수밖에 없었다.

장방형 홀의 좌석이 거의 다 찬 식당 안에는, 잘 차려입은 상류층 태국인들을 비롯하여 외국인 가족들이 테이블을 차지하고 있었다. 그 속에 아는 얼굴이 한 명 있었다. 거래처에 근무하는 일본인으로 가족과 함께 온 모양이었다. 번거로운 마음에 유타카는 눈을 마주치지 않으려 했으나, 부인으로 보이는 여성이 이쪽을 가끔 돌아보았다.

주문한 음식이 나와도 토우코는 좀체 잡은 손을 놓으려 하지 않았다. 식당 안에 있는 모든 이들에게 주목을 받는 것 같아 유타카는 저절로 고개가 숙여졌다. 그런가 하면, 앞장서서 주문하고 계산하는 그녀가 누나처럼 느껴지기도 했다. 실제로 유타카는 여자 형제가 없는 외아들이었기 때문에, 누나라는 존재를 피부로 느끼지 못했다. 그런데 거침없이 끌고 나가는 토우코의 미덥고 씩씩한 모습은, 그가 생각하는 누나의 이상적인 모습이자 미츠코에게 없는 매력이기도 했다. 역시 무남독녀인 미츠코에게도 물론 야무진 구석이 있지만, 연상의 유타카를 만나면서 장난삼아 '오빠'라고 부를 때가 있었다. 응석 부리듯 부르는 '오빠' 소리가 그리 싫지 않았고, 언제까지라도 오빠로 있어 주겠노라 생각했을 정도다. 그런데 이렇듯 토우코의 남동생이 되고 보니 이 기분도 결코 나쁘지 않았다. 야무지지 못한 구석이 있는 유타카에게는 남동생이라는 입장이 마음 편했다.

식사를 마친 후 두 사람은 호텔의 좁은 부지를 나란히 거닐었다. 테라스 옆에 호텔 전용 선착장이 있고, 새카맣게 흐르는 차오프라야 강 수면이 보였다. 현실과 동떨어진 이 만남과 관계가 언제까지고 계속되리란 생각은 하지 않았다. 머지않아 모든 현실을 자연스레 받아들이게 되지 않겠냐고, 유타카는 가볍게 생각했다. 서둘러 결론 내지 말고 흐름에 몸을 맡기자. 분명 언젠가는 이 꿈에서 깨어나게 될 것이고, 토우코도 자연스레 현실을 깨닫게 될 것이다. 결국은 그리 되지 않겠냐고 스스로를 이해시키는 수밖에 없었다.

방콕 밤하늘에 보름달이 떴다. 지금쯤 미츠코도 걱정스런 마음으로 똑같은 달을 올려다보고 있을지 모르는데. 그런 생각이 들자 가슴 한쪽이 아려 왔다. 나야말로 앞으로 어쩔 작정인지. 토우코 옆에 바싹 붙어 걸으면서 불가사의한 자신의 행동에 쓴웃음을 지었다. 난데없이 나타난 이 수수께끼 같은 여자와 어디로 가려는 것인지. 전부를 잃고라도 건너야 할 강이 있는 것도 아니었다.

서늘한 바람이 땀이 밴 피부를 어루만졌다. 두 사람은 달빛 속에서 다시 한 번 입맞춤을 나누었다.

제3장

여성에는 두 가지 타입이 있다고 히가시가이토 유타카는 생각한다. 길 가는 남자들로 하여금 으레 돌아보게 만드는 타입의 여자와 그렇지 않은 여자. 전자가 토우코라면 후자는 미츠코이다. 그러나……. 유타카는 책상 앞에 앉아 서류를 정리하다 말고 고개를 갸웃거렸다. 남자들을 돌아보게 만드는 여자는 확실히 뭔가 동물적인 페로몬을 발산한다는 점에서 토우코는 충분히 매력적이라고 할 수 있다. 하지만 그렇지 않은 여성과 비교하여 과연 어느 타입이 긴 인생에 궁극적인 의미를 부여할지, 결론 내리기가 쉽지 않았다.

미츠코와의 결혼을 결심하기 이전, 유타카는 미츠코만큼 수수한 분위기의 여자를 만나 본 적이 없었다. 사실 유타카는 자신의 직장인 이스턴 에어라인의 돌아가신 창업주의 미망인 소개로 미츠코를 알게 되었다. 여기서도 호청년으로서의 진면목을 엿볼 수 있었다. 유타카는 회사 창립 기념 파티에서 이미 미망인의 눈에 들게 된 것이다. 미망인은 남편과 사별한 뒤 다른 사람에게 경영권을 이양했으나, 사실상 숨은 실력자로서 회사를 관리하고 있었다.

아무튼 그날 파티를 주최한 홍보부의 상사 명령으로 유타카는 미망인 곁을 지키며 세세하게 시중드는 임무를 맡았다. 유타카는 학창 시절 야구부의 인기 선수였던 만큼 체격도 좋고, 기량 못지않은 달콤한 용모에 스포츠맨답게 대외적인 성격도 원만하다. 이 점은 본인도 충분히 자각하고 있는 터라 은연중에 그런 점들을 이용하여 살아온 구석도 없지 않아 있었다. 남 일에 나서기 좋아하는 미망인이 유타카와 같은 호청년을 내버려 둘 리 없었다. 그런데 유타카에게는 그 무렵, 교제 중인 여성이 여러 명 있었다.

물론 나쁜 의도가 있었던 것은 아니지만, 우유부단한 유타카는 여러 후보를 한 사람으로 좁히지 못한 채 저울질하는 중이었다. 그중에는 같은 회사 사람도 있었는데, 대개가 한 번쯤은 육체 관계를 맺은 사이였다. 이를테면 과일을 깨물어 보고 아직 설익은 것과 너무 익은 것들을 솎아 내듯이, 모성 본능을 자극하는 특수한 능력을 구사하여 이별과 만남을 반복하면서 결혼이라는 의식이 실패로 돌아가지 않도록 신중하게 짚어 나가고 있었던 것이다.

그러나 여기서 약간 그의 편을 들자면, 유타카는 결코 허랑방탕한 짓을 일삼는 난봉꾼은 아니었다. 서른을 넘기기 전에 결혼하고 싶다는 견실한 생활 설계를 세우고 있던 유타카에게는 그러한 곁가지 만남들도 중요한 의미가 있었다.

한편, 미망인의 소개로 만난 미츠코의 첫인상은 솔직히 실망스러웠다. 화려한 구석이라곤 도무지 없어 보이는 미츠코와 첫 데이트를 하게 된 날 아침, 어떻게 이번 일을 거절하면 좋을지 고민하다 복통까지 일으켰을 정도다. 이런저런 정치적인 상황을 고려해 미망인의 기분을 상하게 하고 싶지 않았기 때문이다. 무엇보다 직장 상사로부터 그런 쪽의 처신은 한층 신중하게 하라는 다짐을 받은 터였다.

그런데 처음으로 단둘이 데이트를 하던 날, 유타카는 미츠코 안에 있는 큰 인간성에 놀라게 되었다. 유타카로서는 미처 경험해 본 적 없을 만큼 폭넓고 깊이 있는 여유로움이 있었다. 그때까지만 해도 사람을 일단 겉모습으로 판단하는 경향이 있던 유타카였기에, 기량 외에도 사람을 빛나게 하는 것이 존재한다는 사실을 깨달은 것만으로도 커다란 수확이 아닐 수 없었다. 찻집에 마주 앉아 시작한 대화 내내, 그녀에게서는 순직하고 입이 무거워 보이는 것 같으면서도 사람을 끌어당기는 분위기가 느껴졌다. 그러한 분위기는 결코 꾸미거나 흉내 낸다고 되는 것이 아니라 그녀의 타고난 재능인 것 같았다.

'그 애는 다른 아이와 좀 달라. 만나 볼 가치가 있다고 생각하는데.'

창업주의 미망인이 무슨 이야기 끝에 언급한 그 말의 의미가 그때 비로소 이해되었다.

"뭘 좋아하십니까?"

소개한 미망인의 체면도 있고 해서 매정하게는 못하고, 첫 데이트 자리에서 그는 그렇게 물었다. 그러자 미츠코가 웃는 얼굴로 대답했다.

"사요나라(헤어지며 하는 인사, 안녕)입니다."

"사요나라?"

네, 하고 그녀는 살짝 고개를 끄덕였다.

"이상한 질문 같지만 진지하게 답변해 주실 수 있으신가요?"

이번에는 유타카가 가볍게 고개를 끄덕였다.

"유타카 씨는 죽음을 눈앞에 두고 사랑받은 기억을 떠올리시겠어요, 아니면 사랑한 기억을 떠올리시겠어요?"

유타카는 별 쓸데없는 걸 다 묻는 여자라고 처음에는 생각했다. 그래서 대충 "글쎄요, 어쩌려나, 그때가 돼 봐야 알 수 있겠는데요." 하고 대답했다.

"저는 사랑한 기억을 떠올릴 겁니다."

미츠코는 망설임 없이 그렇게 말했다. 그녀의 목소리에서 자신의 삶에 추호도 부끄러움 없는 윤택함이 느껴졌다. 유타카가 흠칫 놀란 표정으로 바라보자, 미츠코는 고개를 숙인 채 다소곳이 말했다.

"사랑받는다는 수동의 입장이 아니라, 내 스스로 사랑한 사실을 소중히 여기고 싶습니다."

그러고 나서 얼굴을 들고 다시 웃으며 말을 이었다.

"아직 제대로 된 사랑을 해 본 적이 없습니다. 하지만 정말로 소중한 사람을 만난다면, 그 사랑이 절정에 달했을 때 그 사람의 옆얼굴을 보며 언젠가 이별이 찾아오겠구나, 하는 생각에 슬퍼질 것 같아요. 결코 부정적으로 생각하는 건 아닙니다. 그만큼 살아 있는 그 순간이 사랑스럽고 소중하다는 뜻이죠. 인간은 혼자 태어나 혼자 죽어 가는 동물이잖아요. 그런 만큼 늘 이별을 준비하며 살아야 한다는 거죠."

아마도 그녀가 한 이야기 중에 유일하게 길었던 대목이었을 것이다. 유타카는 그때, 자신보다도 몇 살이나 어린 여성이 자신의 목숨이 다하는 날에 대해 이야기하는 모습을 보고 마음이 움직였다. 툭하면 유행이 어떻고 연예인이 어떻고 하는 이야기를 입에 올리는 여성들과는 명백히 다른 무언가가 있었다.

"사랑한 기억을 떠올리신다고요?"

"네, 물론 사랑받은 기억도 떠올리겠죠. 그것은 기쁜 기억으로. 하지만 사랑했다는 것, 내 자신이 누군가를 진지하게 사랑했다는 것은 생물체로 태어나 할 수 있는 가장 귀한 일이라고 생각합니다. 그런 일생을 보내고 싶어요."

그녀의 말에 힘이 들어간 것도, 말수가 많은 편도 아니었으나, 분별력 있고 세세한 데까지 마음을 쓸 줄 아는 여성이었다. 그때 호청년은 '아, 결혼을 한다면 이런 사람과······' 하는 생각이 들었고, 그렇게 생각하고부터는 신기하게도 그때까지 어딘지 모르게 촌스러워 보이던 용모마저 좋게 느껴졌다.

  그리고 나서 좀 지나 유타카 앞으로 「안녕, 언젠가」라는 시가 우송되었다. 하얀 종이에 만년필로 쓴 십여 줄의 시였다.

안녕, 언젠가

인간은 늘 이별을 준비하며 살아가야 하는 거야
고독이란 절대로 배신하지 않는 친구라고 생각하는 게 좋아
사랑 앞에서 몸을 떨기 전에, 우산을 사야 해
아무리 뜨거운 사랑 앞이라도 행복을 믿어서는 안 돼
죽을 만큼 사랑해도 절대로 너무 사랑한다고 해서는 안 되는 거야

사랑이란 계절과도 같은 것
그냥 찾아와서 인생을 지겹지 않게 치장할 뿐인 것
사랑이라고 부르는 순간, 스르르 녹아 버리는 얼음 조각

안녕, 언젠가

영원한 행복이 없듯
영원한 불행도 없는 거야
언젠가 안녕이 찾아오고, 또 언젠가 만남이 찾아오느니
인간은 죽을 때, 사랑받은 기억을 떠올리는 사람과
사랑한 기억을 떠올리는 사람이 있는 거야

난 사랑한 기억을 떠올리고 싶어

마지막 세 줄에서 눈을 뗄 수 없었다. '인간은 죽을 때, 사랑받은 기억을 떠올리는 사람과 사랑한 기억을 떠올리는 사람이 있는 거야. 난 사랑한 기억을 떠올리고 싶어.' 유타카가 결혼을 결심한 것은 바로 그 순간이었는지도 모른다.

한편, 토우코만큼 온몸으로 여자를 표현해 오는 여성 또한 처음이었다. 만난 지 2주가량 지나는 동안 토우코는 발군의 타이밍으로 연락을 해서 유타카를 거리로 꼬여 냈다. 서로를 처음 안던 날부터 두 사람은 줄곧 함께였다. 그렇게 막무가내인 여자도 유타카로서는 처음이었다.

이렇듯 전혀 타입이 다른 두 여성과의 운명적인 만남으로 인해 유타카는 바야흐로 인생 최대의 선택을 해야 하는 시점에 내

몰리고 있었다. 하지만 내심 최종적으로는 미츠코를 선택할 생각이었다. 왜냐하면 토우코 같은 여자하곤 평생을 함께할 수 없을 것 같다는 직감이 들었기 때문이다. 그녀의 몸에서 샘솟는 관능적인 페로몬은 유타카가 남자로서의 기능을 다한 후에도 계속해서 수컷의 무리를 끌어당길 것이 틀림없었다. 낯선 남자가 그녀를 돌아볼 때마다 번번이 애달아하는 기분을 맛보아야 한다는 것은, 질투심 많은 유타카로서는 도저히 견딜 수 없는 일이었다.

그저 지금은 이대로 이 위험한 줄타기를 즐기고 싶었다. 조금만 더 미지의 여자 토우코에게 빠져 있고 싶었다. 결혼한 후였다면 바람피우는 게 되지만, 지금은 아직 뭐라 규정지을 수 없는 유예 기간인 셈이다. 화상 입지 않을 자신이 유타카에게는 있었다. 미츠코에게 들키지 않고 어떻게든 결혼 전까지는 헤어질 자신도 있었다. 토우코도 애초에 유타카에게 약혼자가 있다는 사실을 알고 다가온 것이다. 게다가 그녀에게는 어딘지 모르게 누나 같은 구석이 있다. 정 안 되면 어리광이라도 부려 그녀 쪽에서 물러나게 만들면 되는 거라고, 영리한 유타카는 머리 한구석으로 생각했다. 결혼 날짜가 잡혀 있는 크리스마스 때까지만 어떻게 해서든 이 관계를 종식시키면 되는 것이라고. 그때까지는 아직 석 달 남짓 남아 있고, 그 정도면 충분한 시간이라며 대수롭지 않게 여겼다.

문제는 토우코보다 미츠코 쪽이었다. 머리 좋은 그녀에게 들키지 않으려면 여러모로 세심하게 신경을 써야 한다.

"오늘은 노기자카의 브라이들 하우스에 다녀왔어요. 그곳 디자이너 중에 엄마가 아는 분이 있어서 웨딩드레스 치수를 재고 왔는데, 드레스를 실크 시폰으로 만들어 입게 됐어요. 엄마는 빅토리아풍의 화려한 것을 원했지만, 난 현대적이고 심플한 쪽이 좋아요. 유타카 씨 생각은 어떤가 싶어서."

유타카는 지난주 월요일 밤 집을 비운 것에 대해 언제쯤 물어 오려나 싶어 조마조마한 마음으로 수화기에 귀를 댔다. 토우코한테는 급히 해야 할 일이 좀 있어서 나중에 연락하겠다고 말해 두었다. 눈치 빠른 토우코이므로 그렇게 말하면 충분히 알아들을 터였다. 더구나 미츠코와의 관계가 이상 없이 진척되고 있음을 은연중에 알려두는 것도, 언젠가 찾아올 자연스러운 이별을 위한 중요한 물밑 작업이 될 것 같았다.

미츠코에게는 되도록 평소처럼 행동하고, 절대 토우코의 존재를 눈치 채게 해서는 안 되었다. 월요일 약속을 못 지킨 이유를 이참에 자연스럽게 설명해 둘 필요도 있었다. 그러나 느닷없이 변명을 할 순 없다. 자칫 조급하게 설명을 서두르다 되레 의심을 살 가능성도 있었다.

"유타카 씨 턱시도는 그쪽에서 빌릴 수 있겠어요?"

결혼식은 방콕 내 일본인이 경영하는 아마린 호텔에서 집안사람들만 초대해 치를 예정이다. 회사와 거래하는 여행사에 세부계획을 전하고 스케줄을 잡았다. 태국에서 결혼식을 올리자고 제안한 사람은 유타카였다. 미츠코를 만나기 이전에 사귄 여성들도 마음에 걸리고, 도쿄에서 식을 올리게 되면 한 회사 사람을 일일이 가려 부를 수도 없으니 성가신 사태가 벌어질 게 뻔했다. 식 같은 건 생략하면 딱 좋겠다 싶었지만 미츠코 집안에 대한 예의도 있고, 더욱이 창업주 미망인의 체면을 구길 수 없다는 생각에서 나온 고육지책이었다.

"아마 문제없을 거야. 태국 왕실에 옷을 대는 양복점이 회사 근처에 있으니까 거기에 물어볼게."

"아직 안 알아봤군요. 그렇게 꾸물대다간 금방 12월이 돌아오고 말아요."

미츠코의 온화한 웃음소리가 귓전을 간질였다. 갑자기 토우코의 웃음소리가 생각났다. 이렇듯 미츠코와 대화를 나눌 때면 토우코가 생각나고, 반대로 토우코와 즐거운 시간을 보내고 있을 때면 미츠코가 생각났다. 미츠코는 잠시 웃는가 싶더니 별안간 목소리에 힘이 빠지고 금세 풀이 죽었다.

"편지에도 썼지만 말이에요, 지난주 월요일에는 전화 한참 했어요."

느닷없이 허를 찔린 유타카는 어색하게 맞장구를 쳤지만 입 끝이 떨렸다.

"사회생활을 하다 보면 교제상 필요한 만남이란 게 있을 테니 너무 매어 놓으려고 하는 것은 좋지 않다고 아버지한테 한 소리 들은 터라 그날은 더 이상 전화 거는 것을 삼갔어요. 그런데 어제 일요일에도 하루 종일 집을 비웠죠? 좀 걱정이 돼서……."

"미안. 어제는 야구 시합이 있었어. 전에 말한 미국 팀이랑 늘 가는 로열 스포츠클럽에서 친선경기를 했거든. 끝나고 나서 다 같이 '석류나무'에 한잔하러 가는 바람에. 미국인도 여러 명 참석하고, 결국 아침에야 들어왔어."

"월요일은?"

"일이 있었어. 일본에서 갑자기 손님이 오는 바람에. 전화 생각은 했지만, 일이 있을 때는 무리해서 들어오지 않아도 된다고 한 당신 말이 생각나서. 내가 맡을 수밖에 없었어. 나 말고 접대할 사람이 없었거든. 다른 사람은 모두 가정이 있다 보니 그런 역할은 아무래도 나한테 돌아오는 일이 많아. 앞으로도 종종 이런 일이 생길지 모르는데, 당신 괜찮겠어?"

미츠코가 조용히 웃었다. 사명감에 불타 고개를 끄덕이고 있을 그녀의 모습이 그려졌다.

"유타카 씨를 믿지만, 그런 식으로 연락이 안 되면 그만 걱정이 돼서. 그쪽에 누군가 각별한 사람이라도 있는 게 아닐까, 하는 안 좋은 상상까지 해 버리고……. 미안해요, 괜한 신경 쓰게 해서."

미츠코 목소리 뒤에 의심하는 기색이 감춰져 있는지 아닌지를 가려내기는 어려웠다. 유타카는 그녀의 숨소리, 어조 하나하나에 신경을 곤두세웠다.

"그런 쓸데없는 염려는 말아요. 이제 곧 결혼할 사이인데."

미츠코는 금세 생기를 되찾았으나, 유타카는 눈에 보이지 않는 정신적인 중압감에 눌려 몸이 땅으로 꺼질 듯이 무거웠다.

"그래서, 시합은 이겼어요?"

잠깐의 공백에 이어 미츠코가 자연스럽게 화제를 바꿨다. 이제껏 사귄 여자들 같았으면 하나같이 약속을 어긴 것뿐만 아니라, 그 후 이쪽에서 다시 전화해 주지 않은 일에 관해서도 따져 물었을 게 분명하다.

"응, 이겼어. 상대 투수가 영 시원찮더라고. 포볼 연속, 게다가 나 혼자 홈런을 세 개나 날렸으니 지려고 해야 질 수가 없지."

유타카의 입에서 있지도 않았던 시합 얘기가 술술 나왔다.

"어쩜! 대단해요, 세 개씩이나."

미츠코의 목소리가 들떴다. 진심으로 기뻐하는 모습에 가슴을 쓸어내리면서도, 어디 있는지 알 수 없는, 마음이라는 성가신 장소 안쪽이 뜨끔거리는 것을 참아야 했다.

"보고 싶었는데. 하지만 이제 언제든지 보러 갈 수 있으니까."

미래를 상상하며 흥분되는 듯 밭은 숨을 쉬는 미즈코의 모습에 안도하면서도 그래, 하고 대답하는 것이 고작이었다. 화제가 바뀌어도 매번 아슬아슬한 고비를 맞았다.

유타카는 어제 일요일, 토우코와 데이트를 하느라 시합을 빼먹었다. 미국 팀과의 인연이 있는 시합이라 나가고 싶었지만, 시합에 나간다고 하면 토우코도 보러 가고 싶다고 할 게 뻔했다. 그래서 제 페이스를 찾을 때까지는 연습과 시합에 얼굴을 내밀지 않는 것이 이롭겠다고 판단하여, 기노시타에게 요즘 컨디션이 좋지 않아 회복될 때까지 쉬겠노라고 연락을 취해 두었다. 그 김에 토우코에 관해서도 넌지시 물어보았다. 기노시타는 의아스럽다는 목소리로, 뭐 하러 새삼 그런 걸 알려고 하느냐며 되물었다.

"아니, 그냥. 우연히 보게 돼서."

유타카는 또다시 거짓말을 하고 말았다. 기노시타는 한바탕 웃고 나서 다음에 한번 꼬드겨 볼까 생각 중이라고 털어놓았다.

"사실 어떤 여자인지는 나도 잘 모르고. 알게 된 건 얼마 전에 생긴 오리엔탈 호텔 시가 바에서였어. 말하자면 내가 꼬인 거지. 그렇게 괜찮은 여자가 혼자 카운터에 앉아 칵테일을 마시고 있잖겠어. 사나이 체면이 있지, 모른 척할 수 없잖아. 바에 있던 미국인이니 독일인들이 죄다 그 여자를 눈여겨보고 있었고, 그대로 두었다간 남 좋은 일만 시킬 것 같아 용기를 낸 거지. 그랬더니 웬걸, 스위트룸에서 혼자 지내고 있다잖아. 어지간한 나도 좀 멈칫하게 되더라고. 나중에 이런저런 정보를 수집해 보니, 아버지가 재벌 총수라는 설과 황실과 관련이 있다는 설이 있었어. 한 차례 데이트를 했다지만 고작 점심 한 끼 같이 먹었을 뿐이야. 그때 본인한테도 슬쩍 물어보았는데, 그 여자는 양쪽 다 부정했어. 하지만 그만한 호텔에서 우리 나이랑 별 차이 없어 보이는 여자가 혼자 지내고 있는 거라고. 이상하잖아. 뭔가 있을 거야. 사람들 얘기처럼 부모의 신분이 범상치 않거나, 아니면 엄청난 부자 애인을 뒀다고밖에 생각할 수 없어. 그 여자, 어쩌면 돈 많은 유부남의 정부일지도 모르지."

정부라는 예상 밖의 소리에 유타카는 귀울음을 느꼈다.

"그것도 우리가 쉽게 상상할 수 없는 거물급 인사의 정부 말이야. 여자를 오리엔탈 호텔 스위트룸에 데려다 놓을 만한 인물은 그리 흔치 않잖아. 그래서 나도 유혹할 타이밍을 잡기가 쉽지 않단 말이지. 그런데 너, 행여 이상한 마음 품지 마라. 그쪽은 내가 찜한 여자고, 게다가 너한테는 어엿한 정혼자가 있으니까."

결국 토우코의 신원에 대해서는 기노시타도 아는 바가 없다는 얘기였다. 그런데도 정부라는 소리가 오래도록 귀에 남아 떠나지 않았다.

미츠코는 요즘 태국에 관한 책을 몇 권 구해 읽고 있으며, 모교에 유학 와 있는 태국인 학생들한테서 태국의 정세며 생활 습관 등에 관한 이야기를 들었다고 전했다. 하지만 유타카는 멍하니 듣고 앉아 간간이 맞장구나 치는 것이 고작이었다.

"무슨 일 있어요? 오늘 좀 이상하네."

미츠코의 말에 당황한 유타카는 감기 기운이 있어서 그런가, 하고 거짓말을 덧칠했다. 그렇게 말하면 미츠코가 얼른 쉬라며 전화를 끊어 줄 것이란 생각이 퍼뜩 스쳤으나, 미츠코는 전화를 끊기는커녕 유타카의 몸을 걱정하여 근처에 병원은 있는지, 당장 약이라도 부칠까, 하며 마음을 썼다.

"괜찮아. 여기도 물론 일본인 의사도 있고 약도 다 있으니까, 좀 쉬면 금방 좋아지겠지."

유타카는 빙빙 도는 이야기에 은근히 초조함을 느꼈으나, 내색할 수 없어 꾹 삼키고는 천장으로 시선을 돌렸다.

평소와 달리 대화가 활기를 띠지 못하는 것은 명백히 토우코 탓이었다. 바람이 들통 나지 않도록 신경 쓰다 보니 아무래도 부자연스러운 느낌을 줄 게 분명했다. 그것을 컨디션 탓으로 돌린 것은 적절한 도피 방법이었다. 하지만 앞으로 남은 석 달여를 매번 컨디션 탓으로 돌릴 수도 없고, 그런 식으로 거짓말을 이어가기란 매우 어려운 일이었다.

"다음 주까지는 반드시 나아서 건강한 목소리 들려줄 테니, 오늘은 좀 일찍 쉴까?"

어쩔 수 없이 유타카 쪽에서 먼저 전화를 끊으려 했다.

"미안해요, 몸이 안 좋은 줄도 모르고 오래 붙들고 있어서."

미츠코가 사과하자 유타카는 마음이 편치 않았다. 전화를 끊고 난 후 정말로 열이 나서 그대로 침대에 기어 들어가 잠이 들었다. 얼마쯤 지났을까, 이번에는 토우코한테서 걸려 온 전화에 잠이 깼다.

"나야."

온화하면서도 뭔가를 살피는 듯 긴장한 음성이었다. 오늘은 영 몸이 안 좋아서 못 갈 것 같다고 나직이 말했다.

"진짜 이유는 그것뿐?"

그렇다고 대답하는 유타카의 목소리에 힘이 없다. 유타카는 토우코에게 간파당했음을 깨달았다.

"밥해 주러 가도 될까 모르겠네."

"아니, 그러지 않아도 돼. 좀 자고 나면 곧 좋아질 테니까."

"하지만 아무것도 못 먹었을 텐데. 가서 맛있는 죽이라도 만들어 줄게."

"그게 아니라, 가능하면 오늘은 혼자 있고 싶은데. 기분 나쁘게 듣지는 말고. 매일 죽 함께였으니까, 하루쯤은 혼자 있고 싶어서 그래. 안 좋은 얼굴 보여 주기도 그렇고. 내일 기운 내서 내가 갈 테니까."

기색을 살피는 듯 몇 초 지나서 그러는 게 낫겠네, 하는 순순한 대답이 돌아왔다.

"당신이 무슨 생각하고 있는지 알 것 같아."

토우코의 목소리가 다시 밝아졌다. 그 밝은 목소리 뒤에 자리한 것이 유타카는 신경 쓰였다.

"그럼, 어디 맞혀 봐."

"당신은, 내가 너무 좋아서 견딜 수 없는 거야."

유타카는 그녀의 자신에 찬 어조 뒤에 자신감에 맞먹는 불안이 서려 있는 듯한 느낌을 받았다.

"그런가?"

"그렇다니까. 자신의 마음은 자신이 알기 어려운 법이거든."

"그럴지도 모르겠네."

"그렇다니까."

마지막의 '그렇다니까'라는 말투에서 그녀 자신을 타이르는 듯한 뉘앙스가 풍겼다. 강인함 속에 존재하는 나약함 같은 것이 울려 퍼졌다. 문득 미츠코의 시가 생각났다.

"저기, 하나 물어봐도 될까? 당신은 죽음을 앞두고, 말하자면 임종 때 말인데, 누군가를 사랑한 기억을 떠올리겠어, 아니면 누군가에게 사랑받은 기억을 떠올리겠어?"

후후, 하고 웃는 소리가 고막을 간질였다.

"글쎄, 어떨까? 음……."

잠시 공백이 흐른 뒤,

"사랑받은 기억?"

이라는 대답이 돌아왔다.

"왜?"

"아니, 아무것도 아냐."

"거짓말! 뭔가 있잖아."

"그런 건 아니고, 사랑한 기억은 생각 안 나겠어?"

"물론 사랑한 기억도 생각나겠지. 그건 자연히 따라 나오는 거니까. 하지만 여자에게 사랑받는다는 건 무척 중요한 일이잖아? 세상에서 오직 한 남자에게 사랑받은 일, 사랑받아 낸 일을 자랑스럽게 여기며 생을 마감할 수 있다면, 그보다 멋진 인생은 없을 거라고 생각해."

신기하게도 설득력이 있었다.

"당신에게 사랑받았을 때, 난 의미를 갖게 돼."

유타카는 웃었다.

"당신에게 사랑받지 않게 되었을 때, 나의 의미는 끝나."

유타카에게서 웃음이 사라졌다.

"그럼, 내일 일 마치면 곧장 이리로 와요. 감기는 내가 낫게 해 줄 테니까."

전화가 끊기고, 히가시가이토 유타카는 가늘게 한숨을 쉬었다. 수화기를 쥔 채 눈을 감았다. 곧이어 눈꺼풀 안쪽에 떠오른 것은 놀랍게도 미츠코가 아니라 토우코였다. 그것도, 멍하니 전화기를 내려다보고 있는 쓸쓸한 표정의 토우코였다.

제4장

아침에 출근하려고 나서는데 스테이프 맨션더너가 말을 건넸다.

유타카가 이 나라에 와서 사귄 첫 번째 친구이기도 한 그는 일본인 관광객을 상대하는 악덕 여행사에 근무하고 있었다. 그에게 속아 넘어간 일본 여성이 유타카의 회사로 여러 차례 항의 전화를 해 왔고, 상사인 사쿠라다는 스테이프와 절대 어울리지 말라며 유타카에게 못을 박았다. 그러나 유타카는 속아 넘어간 일본 여성에게 잘못이 있다는 것을 알고 있었다. 스테이프는 천성이 나쁜 친구는 아니었다. 먹고 살려다 보니 다소 약삭빠른 말을 흘린 것에 지나지 않았다. 속은 여성들도 한순간이나마 사랑에 빠져 좋았으니 나름대로 인생 공부가 되었을 테고, 가진 돈을 몽땅 바친 그녀들의 책임도 컸다. 여행객을 지나치게 과보호하는 것은 본인을 위해서도 그렇고 일본의 미래를 위해서도 좋지 않은 일이라고 유타카는 생각했다.

"유타카, 몸은 좀 어때?"

유타카는 뭐 그럭저럭, 하고 웃었다.

"요즘 집에도 잘 안 들어오는 것 같던데, 어디 틀어박혀 노는 거야?"

"너한테만 말해 두는데, 나 지금 여자 문제로 마음이 흔들리고 있어."

스테이프는 잇몸이 보일 정도로 크게 웃었다.

"나쁜 남자일세. 약혼자도 있으면서."

유타카는 어깨를 으쓱해 보였다.

"적당히 해 두지 않으면 나중에 큰일 난다."

"알아. 하지만 어쩔 수 없는 경우란 게 있잖아, 사람이 살다 보면."

그 말에 스테이프가 유타카의 어깨를 툭툭 건드렸다.

"있고말고, 나만 해도 늘 그러니까. 일본 여자, 멋지잖아."

"저기, 한 가지 물어봐도 될까?"

"뭔데?"

"너, 일본 여자랑 결혼할 생각이냐?"

"아니, 안 해."

스테이프의 확신에 찬 대답이 돌아왔다.

"일본 여자와는 즐기는 것뿐이야. 결혼은 역시 태국 여자랑 해야지."

"어째서? 일본 여자, 돈도 많고 귀엽잖아."

"귀엽긴 하지. 그래도 태국 사람이 좋아. 절대 배신하지 않거든. 결혼은 평생이 걸린 문제잖아. 도중에 버려지면 어떡하라고?

노후의 나를 누가 보살펴 주겠어? 도쿄 한구석에 버려지고 나면 어떻게 해야 되는데? 끝까지 살뜰하게 챙겨 줄 태국 여자랑 결혼해서 평생 보살핌 받는 것이 행복하지. 일본 여자는 그냥 잠깐 잠깐 즐기는 걸로 족해. 그 여자들도 어차피 그런 생각일 거야. 그러니까 나 같은 녀석한테 걸려들지, 제대로 된 여자라면 절대 나한테 걸려들 리가 없어."

유타카는 웃고, 스테이프는 눈을 찡긋해 보였다.

"이제 보니 견실한 녀석일세."

"뭐? 견실?"

"나랑 닮았다는 뜻이야."

"아, 닮았다고."

스테이프가 고개를 끄덕였다.

"그래도 난, 약혼자가 있으면서 따로 여자를 만드는 짓은 하지 않아. 진지할 때는 진지해야지."

유타카는 머리를 긁적였다. 스테이프는 "타고 갈래?" 하며 오토바이 뒷자리를 가리켰다. 유타카는 말없이 혼다에 올라탔다. 그리고 먼 고국에서 유타카를 생각하고 있을 미츠코를 떠올리며 하늘을 올려다보았다.

회사 일을 마친 유타카는 곧장 오리엔탈 방콕으로 향했다. 위험한 다리를 건너면서도 유타카와 토우코의 관계는 점점 더 깊어졌고, 여전히 음란하고 나태한 생활이 계속되었다.

두 사람은 온도가 조절된 풀에서 수영을 즐기고, 강변 테라스에서 해 질 녘의 차오프라야 강을 바라보며 맛있는 씨푸드에 혀를 내두르고, 뱀부 바에서 쿠바산 시가를 피웠다. 계산은 늘 토우코가 "괜찮아, 신경 쓰지 마." 하면서 유타카를 가볍게 제지하고 사인으로 마쳤기 때문에, 어느덧 유타카도 그 시원시원한 지불 형태에 익숙해져 마다하지 않게 되었다.

두 사람이 당당하게 호텔 안을 거닐기 시작한 것은 토우코가 유타카의 아파트를 찾아온 지 불과 2주 정도 지났을 즈음. 그 무렵, 벨 보이나 도어맨들은 유타카를 미스터 마나카라고 불렀다. '마나카'란 토우코의 성씨였다.

"미스터 마나카라고 불려도 괜찮으려나 모르겠네."

"괜찮아. 그들은 당신이 내 손님인 이상 쓸데없는 탐색은 하지 않을 테니까."

토우코는 종업원들의 눈을 개의치 않고 유타카의 손을 꽉 잡았다.

"왜 이곳이 아시아 제일의 호텔인지 알아?"

유타카는 고개를 살짝 갸웃해 보였다.

"아시아 제일인 이유는 말이지, 역사가 깊다든지 테라스에서 바라보는 전망이 근사하다든지 하기 때문이 아니라, 그들 속에 있어."

"그들?"

"응, 저 벨 보이며 도어맨들."

"옳거니. 종업원들의 진심 어린 환대가 아시아 제일이란 건가?"

"맞아. 이 호텔이 전 세계적으로 엄청난 고객을 확보하고 있는 것도, 바로 마음이 깃든 환대에 그 이유가 있는 거니까. 이곳은 총지배인을 비롯해 도어맨에 이르기까지 전원이 호텔맨으로서의 최고의 긍지와 확고한 자각을 가지고 있어. 그렇기 때문에 이곳을 찾는 사람들은 늘 집에 돌아온 것 같은 따스함을 맛볼 수 있는 거야."

토우코가 유타카의 팔에 손을 둘렀다.

"이곳은 방콕이 아니야. 오리엔탈 호텔이라는 또 하나의 세계, 일본인 사회와도 동떨어진 별세계, 그러니 아무것도 신경 쓸 필요 없어."

서머싯 몸 스위트의 문을 열고 어둠 속으로 빨려 들어간 두 사람은, 문 닫는 것도 잊은 채 입맞춤을 나누었다. 서늘한 실내 공기는 고온 다습한 바깥 공기와는 비교도 안 될 만큼 부드러웠다. 갑자기 등 뒤에서 딸각딸각 소리가 나는가 싶더니 맞은편 방인 '조세프 콘래드 스위트'의 문이 열렸다. 당황하여 돌아보는 순간 두 사람은 복도에 나온 백인 노부부와 눈이 마주쳤다. 노부인은 미소를 지었으나, 연로한 남편 쪽은 파렴치한 행위라도 본 듯 모멸스러운 태도를 여실히 드러내며 시선을 돌렸다. 서로 낯이 익은 사이인 듯 토우코는 노부부에게 "미안합니다."라고 사과했고, 부인은 여전히 미소를 머금은 채 "젊음의 특권이죠." 하며 유타카를 머리끝에서부터 발끝까지 훑어보았다. 토우코는 문을 닫았다. 문에 등을 붙이고 선 토우코는 유타카를 똑바로 응시하며 손을 뒤로 하여 문을 잠갔다. 그녀의 두 눈이 어둠 속에서 빛을 발하는 것 같았다.

유타카는 토우코의 빛나는 눈동자에 이끌려 양팔로 그녀를 감싸 안았다. 품 안의 토우코가 턱을 들어 똑바로 유타카를 바라보았다. 뭐라 말할 수 없이 달콤하고 유혹적인 눈이었다. 큼직한 두 눈동자의 중심에서 붉은빛이 흔들린다. 창문으로 스며드는 희미한 달빛 외에 달리 반사될 만한 빛 원은 어디에도 없었다. 그런데도 분명 그녀의 눈동자 속에서 활활 타오르는 불빛이 보였다. 유타카는 두 손으로 그녀의 뺨을 어루만졌다. 손끝을 움직여 얼굴의 윤곽을 확인했다. 이 불꽃은 무엇일까 생각했다. 이토록 격렬하게, 더구나 언제 무너질지 모를 불안정한 발판 위에서 사랑받은 적은 일찍이 없었다. 발밑이 불안정하면 할수록 유타카의 마음의 불꽃도 커졌다.

두 사람은 입맞춤을 나누었다. 어둠 속에서 서로의 존재를 확인하려는 듯이. 그 부드러운 감촉이, 그곳에 그녀가 있다는 것을 확실하게 전해 주었다. 그 순간만큼은, 이대로 한없이 타락해도 상관없다는 생각이 들었다. 약물 중독자는 죄다 이렇게 생각하다 끝없는 늪에 빠져드는 것이 분명했다. 확실히 토우코는 위험하면서도 중독성 있는 욕망, 그 자체였다.

옆방으로 통하는 문을 열고 들어가 불을 켜자, 황금빛으로 빛나는 침실이 나타났다. 두 개가 나란히 놓인 티크제 상자형 침대 전체에 아로새겨진 금박이 눈부셨다. 호화찬란하다는 말이 딱 들어맞는 이 방을 처음 보았을 때, 지극히 일본적인 감각을 지닌 유타카에게는 어쩐지 이상하다는 느낌이 들었다. 그러나 이곳에서 몇 차례 아침을 맞다 보니 오히려 현실적이지 않은 모습에 편안함을 느끼게 되었다. 비일상적인 공간이 가공의 왕궁에라도 와 있는 듯한 착각을 불러일으키고, 처음에 가졌던 위화감도 며칠 새에 감동으로 바뀌면서 그의 마음을 한층 더 마비시켰다.

두 사람은 오리엔탈 방콕의 이 특실 안에서 세속과는 무관한 왕과 왕비처럼 지냈다. 유타카는 금박 침대를 쾌락의 배라고 생각했다.

여기서는 무엇 하나 방해받을 일이 없었다. 이곳에 있는 한 유타카는 온갖 잡다한 일에서 벗어나 자유로울 수 있었다. 시간, 규칙, 습관, 모든 것에서 해방된 유타카는 마치 용궁에 와 있는 듯한 기분으로 하루하루를 보낼 수 있었다.

이곳은 방콕이 아니야. 이곳은 오리엔탈 방콕이라는 또 하나의 세계야.

토우코의 말뜻을 충분히 이해할 수 있었다. 이곳은 방콕의 소란스러움도, 도쿄의 기억도, 아니 인간계의 온갖 잡념이 전혀 닿지 않는 또 하나의 장소였다. 한껏 긴장되어 있던 마음이 풀어지고 모든 신경이 이완된 유타카는 토우코와 하나가 되어 평화로운 시간을 만끽할 수 있었다.

두 사람은 몇 번이고 진이 빠질 때까지 사랑을 나누었다.

사랑의 행위가 끝나고 나면, 이 서머싯 몸 스위트의 상자형 침대는 마치 소리 없는 공간에 떠 있는 우주선 같았다. 그녀의 숨소리밖에 들리지 않는 정적이 세게. 유타키는 불인한 마음에 옆을 더듬었다. 나른하게 누워 있는 그녀의 몸을 찾아내고는 살며시 끌어당긴다. 진공의 우주에 하나의 육체가 떠 있다. 그곳에 토우코가 존재한다는 것만으로 유타카는 안심할 수 있었다.

별이 보인 것 같았다. 우주선 창 너머 아득히 먼 공간에 반짝반짝 빛나는 점이 있었다.

"이렇게 기진맥진할 때까지 사랑을 나눈 적은 지금껏 한 번도 없었어."

토우코의 목소리가 어둠 저편에서부터 와 닿는 느낌이다.

"놀라워."

그녀가 킥, 하고 웃는다.

"뭐가?"

토우코가 유타카의 가슴에 얼굴을 묻는다.

"딱이야. 이렇게 딱 맞는 사람은 처음이야. 첫 번째라고."

누군가와 비교당한다는 건 그리 기분 좋은 일이 아니었지만, 첫 번째라는 울림에는 설득력이 있었고 또한 공감했다. 유타카 역시, 이렇게 매일 안는데도 마르지 않는 샘물은 처음이었다. 함께 젖어 들고 함께 용립하는 감각은, 한껏 부풀어 오른 신경의 끝자락들이 스치는 듯한 감미로운 쾌락을 동반했다. 토우코의 말대로, 이전에 만났던 여성들과는 비교도 할 수 없을 만큼 모든 것이 딱 들어맞아서 육체의 궁합이 곧 마음의 궁합으로 직결되는 것 같았다.

"나는 어때?"

유타카는 토우코가 우주 공간으로 떨어지지 않도록 단단히 붙잡았다.

"딱 맞아."

"누구랑 비교해서?"

유타카의 팔에서 힘이 빠져나갔다.

"누구와도 비교하지 않아."

저도 모르게 목소리에 힘이 들어간 유타카는 당황스러운 마음에 다시 한 번 토우코를 끌어안았다.

아침에 눈을 떠 보니, 옆방에서 새어 들어오는 빛이 실내를 부드럽게 정화시키고 있었다. 품 안에서 아직 자고 있는 토우코의 실오라기 하나 걸치지 않은 몸을 시트로 가려 주고, 유타카는 침대를 빠져나왔다. 옆방은 외부 세계와의 사이에 가로놓인 호화로운 쿠션이 되어 있었다. 창의 차양을 걷어 올리자 환한 빛이 실내를 가득 채웠다. 너무 눈부셔 제대로 눈을 뜰 수가 없었다.

호텔 안에서도 가장 오래된 이 건물은 무려 백 년이라는 시간 동안 살아남았다. 그렇듯 아름다운 시간과의 조화야말로 이 방이 지닌 또 하나의 근사함이었다. 앞마당에는 키 큰 야자수 몇 그루가 태양 빛을 묘하게 컨트롤하고, 그 곁에는 이른 아침부터 근면한 태국 청년들이 마당을 정리하고 있었다. 잔디는 정성스레 깎여 있고, 테라스까지 이어지는 인도 양옆에는 멋지게 손질된 난이 여러 그루 피어 있었다.

아침 공기를 마시기 위해 창을 열자, 그 소리를 들은 청년이 유타카를 돌아보고 예의 가슴께에 두 손을 모으는 태국식 인사를 했다. 유타카도 동작을 흉내 내어 손바닥을 모으고 인사했다. 청년의 웃는 얼굴은 마음을 씻어 낼 만큼 상쾌하고 해맑아 보였다.

눈앞에서 반짝이는 차오프라야 강을 잠시 바라보았다. 웅대함에 맞서기라도 하듯 많은 사람을 태운 여러 척의 수상 버스가 강을 오르내리고 있었다. 문득 차가운 감촉이 옆구리에 와 닿고 곧이어 토우코의 팔이 허리를 감쌌다. 뒤돌아 끌어안았다. 햇살에 눈을 제대로 뜨지 못하는 그녀의 얼굴에 입맞춤의 비를 내린다. 그것을 잠자코 받아들이던 그녀의 얼굴이 점차 풀어지더니, 간밤 정사의 여운이 하복부에서부터 스멀스멀 되살아나기 시작했다.

"임금님, 시장하지 않으세요?"

토우코가 눈을 감은 채 물었다.

"시장하군."

토우코는 얼굴 가득 미소를 머금고 품에 안겼다. 행복이 덧없으면 덧없을수록 더없이 순수하게 느껴졌다. 더구나 이 행복이 앞으로 수십 일밖에 맛볼 수 없는 한정된 행복임을 알고 있기에 유타카는 마약과도 같은 행복에 한껏 취할 수 있었다.

"기분도 좋은데 오늘은 룸서비스 말고 얼마 전에 오픈한 리버윙에서 아침 먹을까?"

토우코의 제안에 호청년은 찬성했다. 두 사람은 재빨리 옷을 갈아입고 부랴부랴 방을 나섰다.

"이쪽이야."

토우코의 손에 이끌려 유타카는 풀 사이드를 걸었다. 조금 전에 인사를 나눈 태국 청년과 눈이 마주쳤다.

"안녕하십니까, 미스터 앤 미시즈 마나카."

청년의 목소리와 때를 같이 하여 토우코의 미소가 아침 햇살 속에서 환하게 빛났다. 밤에 보던 요염한 이미지와 달리, 아침의 그녀는 무척이나 밝고 건강했다.

풀장의 물이 태양 빛을 반사하며 흔들거리는 빛의 모습을 온 주변에 흩뿌리고 있었다. 결코 인공적으로는 흉내 낼 수 없는 아름다움이 연출되자 유타카는 그대로 토우코를 끌어안은 채 뛰어들고 싶은 충동에 사로잡혔다. 실제로 그녀를 등 뒤에서 끌어안고는 "안 돼, 하지 마." 하고 소리치는 토우코를 물속에 던져 넣는 시늉을 해 보였다.

'베란다'로 불리는 커피숍 야외 테이블에 자리를 잡은 두 사람은, 웨이터가 주문을 받으러 올 때까지 얼굴을 가까이 하고 마주 보았다.

"질리지 않아?"

토우코가 물었다.

"아니, 전혀."

"신기하지 뭐야. 바로 지난달까지만 해도 난 당신의 존재조차 알지 못했었는데."

"그렇게 따지면 나도 마찬가지지."

"지금은 당신의 모든 것을 알게 된 듯한 느낌이지만, 그건 아냐. 곰곰이 생각해 보면 아는 게 하나도 없어."

"확실히!"

"확실히!"

흉내 내지 말라는 유타카의 말에 토우코는 혀를 내밀고 나서 이렇게 말했다.

"당신 등에 난 점까지 알고 있는데, 당신이 어떤 아이였는지는 알지 못해. 당신의 어디를 만지면 느끼는지 알고 있는데, 당신이 어떤 사람들을 사귀어 왔는지는 알지 못해. 당신 머리카락의 강도는 알고 있는데, 당신 부모는 알지 못해. 당신의 코 고는 소리며 이 가는 모습까지 알고 있는데, 당신이 결혼하려는 사람이 누구인지는 전혀 알지 못해."

그 대목에서 갑자기 토우코의 얼굴이 진지해졌다. 유타카는 느닷없이 현실로 돌아온 듯해 불쾌한 기분을 맛보았다. 때마침 웨이터가 주문을 받으러 와, 유타카는 자연스럽게 화제를 돌릴 수 있었다. 웨이터가 떠나자 토우코의 얼굴에 다시 미소가 돌아와 있었다.

"당신의 별자리가 궁금해."

유타카는 웃었다.

'여자들이란 시대를 막론하고 데이터를 중요시하는 법이다.'

어린 유타카에게 그런 말을 귀띔해 준 아버지 히가시아이토 도시로를 떠올렸다.

"그런 건 물어서 뭐 하게?"

"당신을 좀 더 알기 위해서야."

"혈액형은 안 궁금해?"

"그것도 알고 싶어."

유타카는 적당히 생각나는 혈액형을 말해 버렸다. 그러자 토우코는 흐음, 하고 고개를 갸웃하는가 싶더니, 그랬구나, 하고 믿는 눈치였다. 아버지 도시로는 미츠코와의 결혼을 누구보다도 기뻐했다. 미츠코를 처음 인사시키던 날만 해도, 마치 자신이 결혼하는 양 도시로 쪽이 훨씬 더 긴장했다. 미츠코와 함께 한 식사 자리 말미에 도시로는 유타카 곁으로 다가와 "잘했다."라고 말했다. 마치 세력가가 가신(家臣)을 칭찬하는 듯한 말투였다.

"요즘 유행하는 성격 테스트인가? 그래, 나는 어떤 타입이지?"

토우코는 학자와 같은 신묘한 얼굴로 득의양양하게 분석해 나가기 시작했다. 도중에 유타카가 웃음을 터뜨리자 "뭐야, 뭐가 우스운데?" 하고 얼굴을 찌푸렸다.

"빗나갔어."

"그런가? 맞는 것 같은데."

"아니, 빗나갔어. 왜냐하면 조금 전에 말한 내 혈액형, 대충 생각나는 대로 말한 거거든. 요컨대, 난 내 혈액형을 몰라."

"그런 거짓말을 하다니."

토우코가 입술을 깨물었다.

"하지만 빗나갔는지 아닌지는 아직 모르는 거잖아. 잘 검사해 보면 그 혈액형이 맞을지도 모르니까."

"그런가? 아니 그럴지도 모르지만, 요컨대 내가 하고 싶은 말은 말이지. 실제로 얼마만큼 데이터가 뒷받침되는지 몰라도, 인간을 그런 식으로 한정된 틀에 끼워 넣고 보는 것은 좋지 않다, 그 말이야."

"이건 최근 미국과 유럽에서 과학적으로 연구된 거니까 틀리지 않아. 머지않아 일본에서도 혈액형으로 성격을 판단하는 사람들이 많아질 거야."

"무서운 시대가 오겠군. 단지 네 가지 혈액형만으로 인간을 분류하는 사고방식이라니, 어쩐지 파시즘이 연상되는걸. 그러는 당신은 혈액형이 뭔데?"

토우코는 대답 대신 웃었다. 왜, 하고 유타카가 얼굴을 들여다보았다.

"실은 나도 내 혈액형을 몰라."

둘이 소리 높여 웃는 바람에 웨이터와 손님들이 두 사람을 돌아보았다.

아침 식사를 마치고 두 사람은 테라스로 자리를 옮겼다. 어깨를 맞대고 차오프라야 강을 바라보았다. 주위 사람들 눈에는 영락없이 신혼부부처럼 보였을 것이다. 1975년 당시만 해도 오리엔탈 방콕을 이용하는 일본인의 수가 얼마 안 되었기 때문에, 두 사람이 그러고 있어도 의심 어린 눈길을 보낸다거나 일본인 사회에 고자질할 만한 사람은 없었다. 더구나 그 시절에는 아직 호텔 종업원 중에도 일본인이 없었다. 서툰 일본어를 구사하는 프런트 매니저인 태국 여성만이 일본인 고객과의 중간 역할을 할 뿐, 일반 일본 관광객에게는 문턱이 높은 호텔이었다. 그러나 그 점이 오히려 두 사람에게는 좋은 방패막이가 되었다. 스쿰빗이니 팟퐁 거리 주변에서 손을 잡고 걷는 것은 위험천만한 일이지만 호텔 안이라면 안전했다. 가령 일본인이다 싶은 사람이 눈에 띄면─알고 보면 중국인일 가능성이 높았지만─그때만 살짝 떨어져 걸으면 되는 일이었다.

"슬슬 회사에 나가 볼 시간인데."
"아직 좀 이르잖아."
"아닙니다, 왕비님. 시간이 빠듯합니다."
토우코가 쓸쓸한 눈을 하였다.
"오늘은 뭘 하고 보낼 거지?"
유타카의 물음에 토우코는 어깨를 으쓱해 보였다.

"당신이 퇴근해 돌아오길 목 빼고 기다릴 거야."

유타카는 순간, 눈꺼풀의 미세한 떨림을 느꼈다.

"그래? 그거 기분 좋은 소리네."

대답하는 유타카의 목소리가 기어 들어갔다. 오늘은 월요일. 미츠코가 전화하는 날이다.

"아니 잠깐만. 실은, 오늘은 이리로 못 올 것 같아."

토우코는 어렴풋이 미츠코한테서 전화가 오는 날임을 감지했을 것이다. 그다지 놀라는 기색도 없이, 시험하는 듯한 눈빛으로 유타카를 응시했다. 유타카는 그녀의 눈동자 속 불꽃이 여전히 활활 타오르고 있는지 확인하고자 시선을 집중시켰다.

"기다릴게."

"늦어질 텐데."

"기다릴 거야."

별안간 토우코가 유타카를 껴안았다. 유타카는 조바심을 내며 주위를 살폈으나, 외국인 손님이 몇 명 있을 뿐 일본인 같은 사람은 없었다.

토우코는 마치 아내라도 되는 양 유타카 곁에 바싹 붙어 그를 로비 입구까지 배웅했다. 조금 전까지의 느긋한 기분은 어디론가 사라지고, 유타카는 바싹 긴장했다.

"안녕하십니까, 미스터 앤 미시즈 마나카."

도어맨이 밝은 미소로 인사한 뒤 두 사람만을 위해 커다란 문을 열어 주었다. 토우코의 손이 유타카의 팔꿈치에 꼭 닿아 있었다. 유타카는 더 이상 토우코의 손을 잡으려 하지 않았다. 밖으로 나온 후 유타카는 토우코를 돌아보며 미소를 담아 최대한 부드럽게 말했다.

"고마워요. 여기면 됐어."

유타카는 또 하나의 세계로 발을 내디뎠다. 황토색의 호텔 셔틀버스가 주차장에 죽 늘어서 있었다. 그 곁을 천천히 걸었다. 그러나 결코 토우코를 돌아보지는 않았다. 그곳은 이미 호텔이 아니라, 현실 세계의 방콕이었으므로.

날이 더워질 것 같았다. 호텔 정문을 한 걸음 나서자 줄줄이 늘어선 포장마차며 뚝뚝이들로 비좁고 혼잡한 방콕의 골목이 기다리고 있었다. 수상 버스 선착장에서 쏟아져 나온 수많은 출근 인파에 유타카도 섞여 들어갔다. 먼지와 빛이 교차하는 저편, 급성장을 이뤄 내는 도시의 소용돌이 속으로 그는 망령처럼 걷기 시작했다.

제5장

토우코와의 방종한 나날을 보내던 어느 날, 외가 쪽 친척인 '안자이 야스미치' 숙부한테서 전화가 걸려 왔다. 야스미치·쥰코 부부는 유타카 아버지의 부탁으로 이곳에서 부모를 대신하여 마음을 써 주고 있었는데, 사실 유타카가 일본에 있었을 때는 한 번도 만나 본 적이 없었다. 그도 그럴 것이 석유 발굴 관련 일을 하며 동남아시아 각지를 돌아다니고 있는 이들 부부는 일본을 떠나 산 지 어언 10년이 되었다. 지난 몇 년간은 마침 태국 북부 지역의 석유 탐사에 참여하느라 방콕에 체류 중이었다.

"전화라도 좀 주지 그랬냐. 그렇게 좋은 소식이 있으면서."

"죄송합니다, 일이 바쁘다 보니."

"혼사같이 중요한 일을 말이지."

"연락드리려고 했는데, 요즘 일본에서 중요한 손님이 계속 들이닥치는 바람에……."

"안다, 알아. 네가 바쁘다는 건 우리 집안에서도 유명하니까."

안자이 야스미치는 그렇게 말하고, 배 속에서부터 우러나오는 큰 소리로 웃음을 터뜨렸다. 일본인답지 않은 체중과 신장에다 얼굴에 온통 수염까지 덥수룩하다 보니 언뜻 무서워 보이긴 해도 마음은 한없이 넓고 따뜻해서, 완고하고 강직한 성품의 아버지 도시로와는 또 다른 분위기가 느껴졌다. 뭐든지 의논할 수 있는 큰형 같은 면도 있어서 유타카는 평소 그를 존경해 왔다.

"집사람이 축하하고 싶다는데, 오늘 저녁 시간 되니?"

"오늘이요?"

"다음 주도 괜찮다만, 늘 바쁘지 않냐. 건배 한 번 안 하고 지나갈 수는 없잖아. 그러지 말고 나와."

순간 토우코가 머리를 스쳤으나, 신세 진 두 사람에게 연락 못한 것이 내내 마음에 걸리던 참이었다. 벌써 연락해야 했는데, 토우코가 나타나는 바람에 말할 기회를 놓쳐 버린 것이다. 오늘이라……. 유타카는 마음속으로 중얼거렸다. 질질 끄느니 차라리 빨리 만나는 편이 낫지 않을까, 생각했다.

"알겠습니다. 오늘로 하죠."

"그래? 그럼 정한다. 여섯 시 괜찮지?"

"네, 그럼 여섯 시에 그쪽으로 찾아뵙겠습니다."

"아니, 오늘은 축하하는 자리니까 밖에서 하자."

"밖에서요?"

"예약해 둘게. 오리엔탈 호텔에 괜찮은 프랑스 레스토랑이 있어. 노르망디라고."

저도 모르게 수화기를 쥔 손에 힘이 들어가고 말았다.

"프랑스 요리는 좀……."

갑작스런 일이라 핑곗거리가 얼른 떠오르지 않았다.

"가끔은 그런 것도 먹어 봐야지. 꽤 알아주는 집안의 아가씨라며. 프랑스 요리 따위에 주눅 들면, 앞으로 힘들어진다."

전화를 끊고 나서야 상황이 이해되었다. 곧장 사무실을 빠져나와 근처 쇼핑몰에서 토우코에게 전화를 걸었다. 반은 변명차, 반은 사전에 알려 그녀의 기분을 맞춰 주기 위해서였다.

"좋은 일이잖아. 결혼 축하 자리인데, 나가 봐야지."

온화한 어조였으나 말에 가시가 있었다.

"걱정인 게, 거기 종업원들이 혹시 나를 미스터 마나카라고 부르지 않을까 해서……."

"흐음, 그러네. 걱정할 것 없어. 내가 확실히 말해 놓을게."

그 말을 끝으로 전화가 끊겼다. 분명 토우코가 말해 놓겠다고 했다. 누구에게, 어떻게, 뭐라고 말할 작정인지. 이것저것 생각하니 어지럽고 목 안에서 한숨이 흘러나왔다.

유타카는 퇴근 후 곧장 오리엔탈 방콕으로 향했다. 그러나 이런 날일수록 일이 많은 법이어서, 도쿄로부터의 연락이 끊이질 않는 바람에 사무실에서 나왔을 때는 이미 여섯 시가 지나 있었다. 뚝뚝이 택시에 흔들리면서 유타카의 몸과 마음은 다시금 초조함에 휩싸였다.

전용 엘리베이터에 올라 노르망디가 있는 구관 맨 꼭대기 층에 내려섰을 때, 그곳에서 낯익은 종업원을 발견했다. 그는 유타카를 향해 조그맣게 인사했으나, 여느 때처럼 '안녕하십니까, 미스터 마나카'라는 말은 하지 않았다.

"이쪽으로 오십시오."

안내를 받아 안으로 들어간 유타카의 눈에, 안자이 부부와 그 바로 뒤쪽 테이블에서 등을 맞댄 채 식사 중인 토우코의 모습이 동시에 들어왔다. 숙부 내외에게 웃는 얼굴로 인사하면서도 유타카의 심장은 격렬하게 요동치다 못해 당장이라도 늑골을 뚫고 튀어나올 것만 같았다.

노르망디의 테이블은 사각형으로, 종업원은 안자이 부부 맞은편에 앉기를 권했고, 그곳은 마침 부부 사이로 토우코의 뒷모습이 보이는 자리이기도 했다.

곧이어 지배인이 예의 웃는 얼굴로 다가왔으나, 그 역시 웃는 얼굴 이외의 표현은 하지 않았다. 확실히 토우코가 그들에게 무언가 귀띔해 놓은 것이 틀림없었다. 유타카는 그 상황을 저 혼자 상상하고는 얼굴을 붉혔다.

"결혼 축하해, 유타카."

쥰코가 반갑게 맞으며 자리에서 일어났다.

"아닙니다. 앉으세요."

앉기를 권했으나 준코의 손은 곧장 유타카의 가슴께에 와 닿았고, 악수를 해야 할 상황이었다. 숙모의 손을 잡고 난 후, 이번에는 숙부와 악수하면서 불과 1, 2미터 정도밖에 떨어져 있지 않은 토우코의 뒷모습을 훔쳐보았다.

"12월이라며. 여기, 방콕에서 식을 올린다지?"

준코가 얼굴 가득 미소를 머금고 말했다. 12월이면 금방이잖아, 하고 야스미치가 덧붙였다.

"아니, 아직 확실하게 그러기로 한 것은……."

토우코 앞이라 얼버무리려는데 준코가 가로막았다.

"하지만 형님 말씀으로는, 아마린 호텔 예식장을 예약해 두었다던데."

"신중을 기하려는 마음이야 이해하지만, 결혼 날짜도 잡았으니 좋은 티도 좀 내고 그러면 좋지 않냐. 하기야, 그게 너다운 점이지만 말이야. 그래서 어떤 아가씬데?"

토우코의 어깨가 미세하게 움직인 것 같은 느낌을 받았다. 종업원이 샴페인을 가져와 유타카 앞에 놓인 유리잔에 따랐다. 한가로이 거품이 일었다.

"어떻다기보다, 그냥 평범해요."

"평범한 게 제일이야. 세련된 것도 좋지만 그만큼 실속 없고 가벼운 사람이 많아져서 말이야. 견실한 사람이 결국 현명하다는 거지."

"그런 뜻이 아니라······."

말을 가로막으려 했으나, 유난히 쩌렁쩌렁한 야스미치의 웃음소리에 묻히고 말았다.

"네 아버님도 그런 의미에서 견실한 결혼을 바라셨으니, 잘된 거야."

야스미치가 유리잔에 손을 뻗었다.

"건배하자."

"그래요. 축하할 일이니 건배해요."

숙부 내외가 잔을 높이 들어 올리기에 유타카도 하는 수 없이 잔을 들어 부딪쳤다.

이후 취기가 오른 두 내외는 미츠코와 어떻게 만나게 되었으며, 어떤 점에 반했는지 따위를 꼬치꼬치 캐물었다. 그들은 자신들의 젊은 시절과 비교하며 시종일관 미소를 잃지 않았다. 유타카는 붉어진 얼굴로 고개를 약간 숙인 채 대응했으나, 죄다 토우코의 귀에 흘러 들어가 버렸다. 그는 뒷일을 생각하니 우울해져서 음식도 제대로 넘어가지 않았다.

토우코가 자리에서 일어난 것은 한 시간쯤 지났을 무렵. 자리를 떠날 때 일순 눈이 마주쳤다. 그런데 그녀의 눈이 웃고 있었다. 유타카는 오히려 섬뜩한 기분이 들면서 절로 몸이 위축되는 것을 느꼈다.

결국 안자이 부부는 9시 30분을 넘기고서야 호텔을 나섰다. 두 사람을 먼저 택시에 태워 보낸 후 유타카는 서둘러 토우코의 방으로 찾아갔다. 유타카를 맞이한 토우코는 역시 웃는 얼굴이었다. 눈치를 살피듯 주뼛주뼛 들어선 유타카의 손을 다짜고짜 잡아끌더니, 그 자리에서 유타카의 옷을 벗기기 시작했다.

"아까 그 두 분한테는 신세도 많이 졌고, 한 번쯤은 만나야 했어. 이제 앞으로 한동안은 만나지 않아도 되고……."

토우코는 변명하는 유타카의 주위를 빙빙 돌더니 유타카의 몸을 등 뒤에서부터 어루만졌다. 여느 때와 달리 정성스러운 애무에 유타카도 어느덧 입을 다물게 되었다.

"이대로, 여기서 해."

토우코를 돌아보니 이미 웃고 있지 않았다. 유타카는 시키는 대로 그녀를 끌어당겨 안았다.

"여기서?"

"그래, 이대로 서서."

토우코의 손끝이 유타카의 피부에 와 닿았다. 유타카는 그녀의 얇고 촉감 좋은 면 원피스를 걷어 올렸다. 한참 동안의 격렬한 입맞춤에 이어 유타카는 일단 몸을 낮추고, 온전히 허리로 그녀를 떠받치듯 일어나며 하나가 되었다.

유타카는 토우코를 안았다. 그녀의 다리가 벌어지고, 두 사람은 사타구니에서 고정되었다.

"무거워?"

꼭 안긴 그녀가 귓가에 속삭였다.

"아니, 괜찮아."

유타카는 거짓말을 했다.

"무거우면서. 참지 마."

"괜찮다니까."

"힘들지 않아?"

"아니, 느끼고 있어."

"힘들지만 느낀단 말이지? 요즘의 우리 상황 같네."

그 말이 가슴을 찔렀지만, 개의치 않고 토우코의 몸을 끌어안았다.

"사랑스러운 여자겠지, 미츠코란 사람?"

바로 눈앞에 토우코의 얼굴이 있었지만, 웃고 있지는 않았다. 미츠코라는 울림에 유타카의 몸이 민감하게 반응하고 말았다. 여전히 모든 것이 불안정했다.

"웨딩드레스를 맞춘다고? 당신도 맞춰야겠네. 아직 아무것도 준비 안 했잖아. 같이 알아보러 다닐까?"

"괜찮아."

조그맣게, 되도록 조그맣게 중얼거렸다.

"괜찮아, 괜찮아……. 언제나 뭐든 괜찮다지."

두 사람은 다시 긴 입맞춤을 나누었다. 농염하게 밀고 들어오는 혀를 유타카가 황급히 휘감다가 느닷없이 혀를 깨물리고 말았다. 잘려 나가는 게 아닌가 싶을 만큼 날카로운 이 끝이 혀를 파고들었다. 단단히 깨물려 이러지도 저러지도 못하고, 한심한 비명만 이 사이로 새어 나왔다.

그날은 날이 밝도록 고통과 쾌락이 되풀이되었다.

그런 일이 있었는데도 두 사람의 관계는 나날이 대담해져 갔다. 아니, 그런 일이 있었기에 두 사람의 관계는 한층 위험 수위를 향해 치달았다. 그러면서 유타카는 달아날 기회를 점점 잃어버렸다.

서머싯 몸 스위트가 아무리 넓다 한들, 젊은 두 사람의 에너지를 충족시키기엔 부족함이 있었다. 흐르는 시간과 더불어 경계의 끈도 점차 느슨해지고, 어느덧 두 사람은 겁 없이 바깥나들이를 하게 되었다. 물론 처음에는 어둠을 틈타 근방에서, 그것도 몇 미터쯤 떨어져 걷곤 했으나 점차 손을 잡고 걷게 되고, 거기에 한가로운 기후까지 한몫 하여 마음이 해이해지다 보니, 밤에도 환한 팟퐁 거리 부근을 돌아다니는 모습이 일본인 주재원들 눈에 띄게 되었다.

소문이란 빨라서, 두 사람이 남다른 관계라는 얘기가 순식간에 일본인 사회에 퍼져 나갔다. 최초로 노르망디에서 두 사람을 목격한 지인의 부인이 일본인회에 소문을 퍼뜨리고, 뒤이어 팟퐁 거리에서 목격한 남자들이 회사 동료들을 통해 그 소문을 기정사실화시켰다.

맨 먼저 충고해 온 사람은 상사인 사쿠라다였다.

"이봐 호청년, 요즘 항간에 불미스러운 소문이 도는가 보던데."

"무슨 말씀이신지……."

짐짓 시치미를 뗐으나, 토우코와의 일임을 이내 알아차렸다.

"내 눈으로 보지 않았으니 진의는 알 수 없지만, 정혼자가 있잖아. 12월이면 식도 올릴 테고. 하긴, 그래서 그 전에 더 놀고 싶다는 마음이야 같은 남자로서 이해가 가지만, 그래도 좀……. 사생활까지 이러쿵저러쿵 간섭할 생각은 없지만, 아무래도 업무에 지장을 주지 않겠어? 일본인 사회의 반발을 살 만한 일은 삼가 달라고. 더구나 난 개인적으로 돌아가신 회장님 사모님이 두려워."

사쿠라다의 충고를 시작으로, 일본인 사회로부터 곱지 않은 시선을 받는 일이 많아졌다. 스쿰빗 거리의 고급 부티크에서 둘이 사이좋게 쇼핑하는 장면이 목격되었는데, 처음에는 토우코를 미츠코로 착각했는지 결혼 준비차 태국까지 왔는가 싶어 미소를 보내오기도 했다. 그러나 차츰 미츠코가 아니라는 사실이 알려지면서 대번에 험악한 분위기가 일본인 사회, 특히 여성들 사이에 퍼져 나갔다.

매년 9월 넷째 주 토요일에 열리는 바자회에 회사의 기부 물건을 안고 찾아갔을 때도 예년의 호의적인 분위기는 온데간데없고, 뒤에서 소곤거리는 사람들의 목소리가 어디를 가든 쫓아다녔다.

딱 한 사람, 대놓고 유타카에게 쓴소리를 하는 자가 있었다. 어느 날, 기노시타 츠네히사가 유타카 앞에 떡 버티고 서는가 싶더니, 돌아서 가려는 유타카를 집요하게 막아섰다.

"어떻게 된 일이야?"

기노시타는 한숨을 쉬고 나서 그렇게 말했다.

"뭐가?"

"토우코 말이야."

"자식, 그저 소문일 뿐이야."

"말은 잘하네. 나도 요전에 다이마루 백화점에서 봤어. 그만큼 충고했는데, 결혼은 어쩔 셈이야. 어느 쪽을 택할 작정이냐고."

사람들이 모두 귀를 쫑긋 세우고 있는 조용한 분위기를 견딜 수 없었다. 주위를 둘러보았으나 사람들은 시선이 마주치기 무섭게 고개를 돌렸다. 기노시타는 열혈한이었다. 그 특유의 정의 감을 발휘하여 일본인 사회의 궂은일을 기꺼이 도맡아 온 그답게, 교사 같은 태도로 말했다.

"그 여자는 위험하다고 했잖아."

"큰소리 내지 마. 다 듣잖아."

"그게 대수냐? 좁은 사회라고. 어차피 모두 알게 돼 있어. 이쯤에서 확실하게 마무리 짓지 않으면, 너, 입장 아주 우스워진다."

무시하고 가려는데, 기노시타가 양손을 허리에 얹고 엄한 표정으로 다시 유타카 앞을 가로막았다. 좀체 물러날 기미가 보이지 않자 어쩔 수 없이 유타카는 흥정할 셈으로 기노시타의 멱살을 움켜쥐고, 남들에게 들리지 않을 만한 작은 소리로 그의 귀에 대고 말했다.

"잘난 소리 마. 그러는 넌, 매일 밤 팟퐁에서 여자 사냥이나 하고 다니는 주제에. 외국 여성을 돈으로 사는 녀석에게 이러쿵저러쿵 말 들을 이유 없어. 그쪽은 사회문제가 되고 있지만, 난 일본 여성과 데이트를 하는 것뿐이야. 너희가 억측하는 그런 관계가 아니라고."

기노시타의 얼굴이 새빨개졌다. 지켜보는 사람들의 수가 늘어났다.

"지금 무슨 소릴 하는 거야."

기노시타가 유타카를 밀쳐 냈다. 유타카는 흥분한 나머지 모두에게 들릴 만큼 큰 소리로 고함을 치고 말았다.
"가난한 나라의 여자를 돈으로 사는, 그쪽이 문제 아니냐고!"
기노시타가 손을 뻗었다. 드잡이하는 상황이 벌어지고, 큰 목소리가 오갔다. 여자들이 뜯어말리는 바람에 주먹다짐까지는 가지 않았지만, 기노시타의 셔츠 깃이 찢어지고 말았다.
"당신들, 싸우려거든 밖으로 나가요!"
바자회의 부간사가 말했다. 쉰을 훌쩍 넘긴 그녀 '다키자와 나에'는 유타카 팬클럽의 총무이자, 유타카가 갓 부임했을 무렵부터 여러모로 신세를 진 사람 중 하나였다.
"호청년, 이게 무슨 일이야!"
다키자와 나에가 흥분한 유타카를 큰 소리로 꾸짖었다. 유타카도 자신의 마음을 종잡을 수 없었다. 사람들 앞에서 기노시타를 망신 준 일도 후회했다. 입 밖에 내서는 안 될 남자끼리의 약속을 깨 버린 자책감이 마음을 할퀴었다.
"아무것도 아닙니다. 저는 여러분이 어떻게 생각하든, 저 자신에게 솔직한 인생을 살아가는 것뿐입니다."
더 있을 수가 없어서 그 자리를 떠났다. 두 다리는 토우코가 기다리는 오리엔탈 방콕으로 향하고 있었으나, 마음 같아선 어딘가 다른 곳으로 사라져 버리고 싶었다. 지금쯤이면 안자이 숙부 내외 귀에도 흘러 들어갔을 것이다. 머지않아 두 사람 앞에 불려

갈 것을 각오해야 했다. 그보다 숙부 내외가 이번 일을 도쿄에 알리는 날엔 어떻게 되는지……. 갑자기 발이 멈춰졌다. 최악의 경우, 미츠코의 귀에 들어갈 가능성도 있었다. 들어갈 리 없다고 단정 짓는 것이 오히려 억지스럽다. 그렇게 되면 미츠코와의 결혼은 물 건너가고, 유타카는 간신히 찾아낸 이상형을 잃고 말 것이다. 더욱이 창업주 미망인의 역정을 살 뿐 아니라, 아버지로부터는 의절당할 것이 분명했다.

유타카는 침울한 심정으로 길 끝을 바라보았다. 문득 입가에 쓸쓸한 미소가 번지는가 싶더니 이내 사라지고, 이번에는 몸에서 식은땀이 배어 나왔다.

원하는 게 뭔데. 스스로 자문해 보았다. 생각하면 할수록 종잡을 수 없는 일투성이다. 거리는 수많은 뚝뚝이와 자전거들로 차고 넘친다. 대형 버스에는 사람들이 또 얼마나 많이 타고 있는지. 문밖으로 밀려난 사람들이 손잡이를 붙잡고 매달린다. 눈앞에 펼쳐진 아시아 어느 도시의 거리 광경은 30년 전의 일본과 다를 바 없었다.

미츠코 생각도 했다. 결혼이란 무엇일까 생각해 보았다. 반려니 어쩌니 말은 그럴듯하다. 누군가 한 사람을 배우자로 정하는 것이 나의 긴 인생에 얼마만큼 중요한 일일까. 오직 한 사람과 부부로 살아갈 자신은 없다. 결혼을 한다 해도 바람피울 게 뻔하다.

그런데도 굳이 결혼할 필요가 있을까. 무엇을 위해? 사회적인 입장 때문에? 대체 나는 미츠코에게 무엇을 맹세하려는 걸까. 거기서 어떠한 마음의 평안을 구하려는 것일까.

생각에 생각을 거듭했지만 그때의 유타카로서는 쉽사리 답을 구할 수 없었다.

제6장

10월에 접어들자, 히가시가이토 유타카의 주변 상황은 한층 가혹해졌다.

결혼식장을 미리 봐 둘 겸 태국으로 건너오겠다는 미츠코의 마음을 돌리기 위해 유타카는 전에 없이 큰 거짓말을 해야 했다.

"식을 올릴 때까지는 방콕에 들이고 싶지 않아. 새 마음 새 기분으로 새로운 환경에 뛰어들기 바라니까. 결혼을 앞두고 사소한 의견 차이로 애정에 금이 가는 커플이 많다는 이야기도 심심찮게 들리고. 만약 당신이 여기 와서 익숙하지 않은 환경에 기진맥진해 평소의 당신답지 않게 감정이 앞서고, 생각대로 되지 않는 것에 필요 이상으로 조바심 내고, 소중한 사랑이 축나기라도 한다면 그건 분명 내 책임일 거야. 원거리 연애란 늘 그런 위험이 도사리고 있는 법이거든. 그러니 나 혼자 뛰어다니며 제대로 된 무대를 마련해 놓고 나서 당신을 맞는 것이야말로 당신에 대한 내 사랑을 맹세하는 일이 되지 않을까? 무엇보다, 결혼하고 나면 당신은 지겨우리만치 여기서 살아야 해. 아시아 지역은 우리 회사의 중요 전략 거점이니만큼 난 한동안 일본으로 돌아갈 수 없을 테니까 말이야. 고루한 말로 기분 상하게 하고 싶지는 않지만,

아내로서의 당신의 응원이 필요해. 당신이 첫출발부터 지쳐 버리면 두고두고 마음이 편치 않을 거야. 그러니 처음에는 당당하고 즐거운 기분으로 건너왔으면 해."

거짓은 거짓을 낳는다고, 이야기는 갈수록 거창해졌으나 도리없이 당장은 거짓말을 할 수밖에 없었다. 1975년 당시만 해도 외국에 나가는 것이 그리 쉽지 않았다. 하물며 타국에서 생활한다는 것은 보통 사람이 느끼기에 어딘가 땅 끝에라도 가는 것만 같아서 적지 않은 용기가 필요했다. 그런 점에서 유타카의 설득에는 일리가 있었고, 교묘한 화술까지 한몫 하여 거짓에 진실성을 띨 수 있었다. 불안 요소가 많은 해외 생활을 조금이라도 편하게 할 수 있도록 해 주려는 유타카의 자상함이라고, 미츠코를 오해시키기에 모자람이 없었다.

이리하여 유타카는 미츠코의 내방을 저지하는 데 간신히 성공했다. 여전히 일주일에 한 번 오가는 국제전화와 편지로 미츠코의 불안을 잠재워야 했지만, 최악의 경우는 면할 수 있었다. 그러나 난관은 미츠코만이 아니었다. 방콕 내 일본인회 사람 모두가 적이 되어 있는 상황이었다. 운동부 출신답게 대범한 성격을 지닌 유타카였지만, 아닌 척하는 데도 한계가 있었다. 어딜 가든 충고를 들었고, 모임이나 미팅 자리에 얼굴을 내밀 때면 으레 곱지 않은 시선이 날아왔다. 업무에까지 지장이 생겨 상사인 사쿠라

다로부터 엄중한 주의를 받았으나, 예의 우유부단함으로 얼버무리는 나날이었다.

아마린 호텔에서 결혼식을 치른 후, 유타카는 그동안 신세 진 사람들을 모시고 같은 호텔 레스토랑에서 조촐한 피로연을 가질 생각이었다. 그러나 안내장을 다 인쇄하고도 어떻게 해야 좋을지 몰라, 아직 엽서 다발은 유타카의 책상 밑에 고스란히 방치되어 있었다.

'일본인회 사람을 전부 초대할 수는 없어. 그렇다고 일로 엮인 사람도 있어서 누구는 부르고 누구는 부르지 않아 분란이 생기면 현재 나의 입장으로 봐서 곤란한 일이니, 이 차제에 피로연은 가까운 친지끼리만 모여 조촐하게 하자.' 라는 새로운 거짓말이 담긴 편지를 미즈코에게 보내야 했다. 하지만 어지간한 유타카도 거듭되는 거짓말에 진이 빠져, 미리미리 신속하게 막아야 할 구멍을 제때 막아 내지 못하는 상황이었다. 거기에는 또 하나의 난관, 토우코라는 존재가 그의 길을 가로막고 서 있었다. 토우코는 업무 시간을 제외하고는 유타카 곁에 꼭 붙어 다니면서 그의 행동을 집요하게 감시했다.

토우코는 토우코대로 마음이 편할 리 없었다. 10월도 절반이 지나자, 안절부절못하는 유타카의 태도가 그녀의 신경을 자극했다. 유타카가 짧은 시간을 틈타 살그머니 자신의 집으로 돌아가

도쿄와 연락을 취하는 것도 마음에 들지 않았다. 유타카가 결혼 이야기로 화제가 옮겨 가지 않도록 애쓰면 애쓸수록 그녀의 마음도 흔들렸다.

그때까지의 방탕했던 생활 속에서 결혼식이 현실 문제로 닥치자, 두 사람 사이에 눈에 보이지 않는 줄다리기가 시작되었다. 그러면서 그로 인한 스트레스가 토우코의 태도를 점점 심술 사납게 만들었다.

토우코는 더욱 빈번히 유타카를 끌고 돌아다녔다. 또한 반항의 의미로, 남들 앞에서도 당당하게 팔짱을 끼고 걸을 것을 유타카에게 강요했다. 일본인이 보이면 무심코 손을 놓으려는 유타카와 달리, 토우코는 움켜쥔 손끝의 힘을 풀기는커녕 일부러 더 그의 팔에 매달리거나 어리광 부리는 표정으로 어깨에 기대곤 했다.

다이마루 백화점에서 쇼핑을 하는 것이 토우코에게는 최고의 스트레스 해소법이었다. 하지만 그곳에서 일본인 눈에 띄지 않기란 지극히 어려운 일이었다. 유타카는 신경이 곤두서고 점차 성마르게 되었으나, 자신에게 책임이 있는 탓에 토우코에게 불만을 표시할 수는 없었다. 먼저 언성을 높이는 쪽이 지는 것임을 상기했다. 아직 결정을 내리지는 않았지만, 가령 미츠코와 결혼하는 길을 선택한다면, 아니 회사를 그만둘 생각이 없는 이상 창업주의 미망인이 개입해 있는 이번 혼사를 물릴 수는 없고, 토우코를 택한다면 회사를 그만두어야 하기에 야심 있는 유타카에게는 자연히 선택의 폭이 제한될 수밖에……. 결국 12월까지 토우코와의 관계를 청산하는 것 외에 다른 방도가 없었다. 그리고 그러기 위해선 성미 급한 토우코와의 신경전에서 반드시 이겨야 했다.

유타카는 다시금 생각했다. 토우코와의 이 달콤하고 음란한 나날이 언제까지고 계속되리란 기대는 하지 않는다. 평생 동안 매일같이 고지방의 디저트를 먹고 산다는 것은 몸에도 안 좋은 일이다. 결혼이란 지극히 평범한 일상을 살아가는 일이며, 긴 안목으로 보면 미즈코와 함께하는 청빈한 생활 쪽이 싫증도 덜 나고 안정적이지 않을까, 라고 자신의 교활함에 일순 화가 났으나, 평생을 좌우하는 중대사인 만큼 어쩔 수 없다고 엄하게 자신을 타일렀다.

여기까지 온 이상 새삼 서두를 것도 없고, 12월까지만 헤어지면 되는 것이다. 그때까지는 토우코의 달콤한 꿀을 듬뿍 빨아 두고 싶다. 결혼하고 나면 더는 맛보지 못할 달콤하고 관능적인 꿀. 그렇기에 마지막 순간까지 그녀의 애정의 호수에 빠져 있고 싶다.

히가시가이토 유타카는 호청년이라 불리는 자신의 성격을 이용하기로 마음먹었다. 아무리 심각한 상황이 닥치더라도 절대 얼굴 붉히는 일 없이 늘 밝게 웃으며, 식물처럼 인내심을 가지고 남동생처럼 바지런하게 행동하자. 그리하여 최종적으로는 토우코로 하여금 스스로 포기하고 물러나도록 만들자. 토우코의 입에서 사랑의 종말을 끌어내지 않는 한, 두 사람은 아름답게 이별할 수 없다. 아름답게 이별할 수 없다면, 그 파문은 미츠코와의 결혼에까지 큰 영향을 미치게 될 것이다. 앞으로 두 달. 유타카는 한숨을 내쉬었다.

그렇더라도 하루아침에 태도를 바꾸기는 어렵다. 두 달이라는 기간을 온전히 사용하여 조금씩, 조금씩 일깨워 주는 수밖에 없다. 자칫 한 발이라도 잘못 내딛는 날엔 양쪽 다 잃게 될지도 모를 어려운 줄타기인 만큼 치밀한 작전을 세워 도전할 필요가 있었다. 단계적으로 조금씩 보디블로를 날려야 했다.

10월 마지막 주, 유타카는 행동을 개시했다. 토우코가 이따금씩 유타카의 아파트에 놀러 가고 싶다는 말을 비친 것이 계기였다. 처음에는 미츠코가 조금 빨리 태국에 건너오고 싶다는 말을 꺼낸 그날처럼 이런저런 핑계를 대며 거절했다. 그런데 문득 작전이 떠올랐다.

매주 월요일이면 미츠코한테서 국제전화가 걸려 오기로 되어 있다. 그 타이밍에 맞춰 토우코를 집에 들여 미츠코와의 전화 통화를 들려주는 것이다. 위험한 도박이긴 하나, 다가올 결혼을 그녀에게 인식시키기에는 좋은 기회라고 유타카는 생각했다.

유타카는 토우코를 소이1 거리에 있는 자신의 아파트로 불러들였다. 그녀가 그곳을 찾은 것은 갑작스런 내방 이후 두 번째인 셈이다. 토우코는 실내를 둘러보며 "이랬었나?" 하고 중얼거렸다. 침대 스프링을 시험해 보고 나서 창가로 가더니 커튼 너머 소이1 거리를 내려다보았다. 그 틈에 유타카는 작전을 수행하기 수월한 장소로 재빨리 전화기를 옮겨 놓았다.

두 사람은 포옹했다. 그런데 서머싯 몸 스위트에서의 밀회와는 뭔지 모르게 달랐다. 장소가 바뀐 탓인지 섹스 때의 느낌도 평소와 달랐다. 두 사람 다 두 달 전 처음 만났을 때의 일을 떠올렸다. 그날 이후 거의 매일이다시피 서로를 안았다. 그런데도 서로의 육체에 대해 불감증이 생기기는커녕 감도가 점점 높아졌다. 결국 작은 환경 변화가 두 사람의 흥분에 불을 지폈고, 이 점은 유타카의 명백한 계산 착오였다. 토우코는 유타카의 품에 안기면서 처음 만났을 때의 일을 여러 차례 입에 올렸다. 어름어름 넘어가려 했으나, 그날 일은 유타카에게도 자극적인 기억으로 남아 있었기에 첫 만남을 떠올리자 몸과 마음이 뜨겁게 타들어 가고 말았다. 두 사람이 육욕만으로 맺어진 관계였다면 좀 더 편하게 헤어질 수 있으련만. 그러나 유타카도 토우코도 서로를 안을 때는 언제나 진심이었다. 어떻게 이렇게까지 진심 어린 섹스가 가능한지, 유타카도 이해가 되지 않았다. 욕망 앞에 애정이 있었고, 따라서 행위 후에 카타르시스의 여운도 오래도록 남았다. 그 여운이 바로 사랑임을 최근 깨닫기 시작하면서 유타카는 놀라고 있었다. 타입은 다르지만 미츠코에게서도 카타르시스를 느꼈다. 그것은 사랑스럽게 여기는 마음과 일맥상통하는 감정이었다. 한마디로 토우코는 유타카에게 아주 잘 맞는 샘물이었다. 그것은 토우코도 마찬가지였다. 욕망뿐인 관계라면, 엑스터시 후 이토록 오랜 카타르시스에 젖어 들지 못했을 것이다. 두 사람은 서로의 육체 안에서 아름다운 정신의 샘물을 찾아냈다.

태양이 서쪽 거리로 기울 때까지 두 사람은 서로를 안았다. 그러고 나서 누가 먼저랄 것도 없이 배고프다는 소리를 입 밖에 냈다. 유타카가 간단한 요깃거리를 마련하겠노라고 했다. 유타카는 요리를 하면서도, 와인을 마시면서도 시계가 신경 쓰였다. 토우코는 유타카의 호쾌한 맛이 곁들여진 스파게티에 아낌없는 찬사를 보냈다. 유타카는 미소가 끊이지 않는 토우코가 사랑스러웠다. 그런 만큼 미안하고 괴로운 마음에 시선을 피하기도 여러 번. 그러나 여기까지 온 이상 뒷걸음칠 수는 없었다. 유타카는 와인을 마시면서 순서를 점검했다. 우선 전화가 걸려 오더라도 함부로 받지 않는다. 어디까지나 토우코의 허락을 기다려야 한다. 그녀 입에서 괜찮으니까 받아, 하는 말이 나오게끔 유도해야 한다. 어떤 경우에도 유타카는 호청년이 되어야 한다. 그러고는 금방 끝낼 테니까, 하고 옆방에서 기다려 달라고 한다. 다음은, 결혼이 현실 문제로서 두 사람 사이에 놓여 있음을 미츠코와의 대화를 통해 토우코에게 일깨워 주면 된다.

전화기는 유타카 뒤편에 놓여 있었다. 마침내 여덟 시 정각에 첫 번째 벨이 울리고, 토우코의 긴장하는 얼굴이 손에 잡힐 듯이 전해졌다. 유타카는 심장이 격렬하게 고동쳤으나 냉정해져야 한다고 자신을 타일렀다. 토우코가 전화기와 유타카를 번갈아 쳐다본다. 어떻게 해야 좋을지 고민하고 있을 테지. 유타카는 기다렸다. 첫 번째 신호음이 끊기는 동시에 그녀가 콧김을 내쉰다. 곧이어 기승스럽게 두 번째 신호음이 울리기 시작했다.

"도쿄겠지?"

토우코가 말했다.

"아마도."

유타카는 혼잣말하듯 중얼거렸다. 토우코는 잠시 고민하는가 싶더니, 받아 보라고 했다.

"그럼, 옆방에서 기다려 주겠어? 들려주고 싶지 않아."

유타카가 조그맣게 말했다. 잠시 망설이다 토우코의 몸이 움직였다. 그제야 유타카는 토우코에게 등을 돌리며 수화기를 잡았다. 작전은 순조로웠다. 옆방으로 건너간 그녀는 어둠 속에서 귀를 기울인 채 미츠코와의 대화를 엿듣고 있을 것이 분명했다. 이제 유타카는 평소대로 온화하게 이야기하면 되는 것이다. 결혼식장이며 대여할 의상이며 미츠코 부모님에 관한 일들을. 그런 이야기를 자연스럽게 들려줌으로써, 토우코 스스로 생각하게 만드는 것이다. 언젠가는 찾아올 마지막 날을 일깨워 준다. 이쪽에서 이러쿵저러쿵 말 꺼낼 일이 아니다. 토우코 스스로 생각해서 결론을 내는 것이 중요하다.

유타카는 벽을 응시하며 미츠코와 대화를 나누었다. 미츠코가 12월의 태국 날씨에 대해 물었다. 유타카는 미츠코의 물음에 하나하나 상냥하게 대답했다. 옆방의 토우코는 자신의 사랑이 찰나를 떠도는 아지랑이와도 같은 헛된 꿈이라는 것을 인식하고 있을 터였다. 잔혹한 방법이었다. 토우코의 심정을 헤아리자 갑자기 괴로움이 밀려왔다. 굳이 이런 짓까지 해야 이 상황을 벗어날 수 있는 건지. 가슴에 머문 공기가 답답했다. 모진 마음을 먹는다는 게 바로 이런 경우를 두고 하는 말인가, 싶은 생각에 유타카는 가느다란 한숨과 함께 젖은 호흡을 토해 냈다. 미츠코의 활기찬 목소리가 귓전에서 튀었다. 5분쯤 지나, 좀 더 이야기하고 싶지만 국제전화라서 어쩔 수 없네요, 하는 미츠코의 말과 함께 간신히 시련의 끝이 보이는가 싶었다.

"응, 그럼 또 전화합시다."

마지막 인사를 하며 옆방의 기색을 살피고자 돌아볼 때였다. 눈앞에 토우코가 있었다. 그녀의 엄한 시선이 유타카의 두 눈을 똑바로 응시했다. 바로 코앞에서 차갑고 딱딱한 눈빛이 반짝이고 있었다.

미츠코가 웃고 있었다. 토우코한테까지 웃음소리가 들리지 않을까 싶을 만큼 미츠코는 보기 드물게 들떠 있었다. 뭐가 재미있어서 웃는지조차 알 수 없었다. 농담이라도 한 게 분명하다.

"왜 그래요? 유타카 씨, 듣고 있어요?"

"응, 듣고 있어. 그럼, 나중에 또 전화합시다."

유타카의 목소리가 쌀쌀맞게 들렸는지, 미츠코는 금방 시무룩해진 목소리로 물었다.

"왜요, 무슨 일 있어요? 갑자기 목소리가 어두워지고. 내가 무슨 말실수라도 했나요?"

"그럴 리가. 아무 일 아냐. 통화가 길어져 버렸네. 시간이 벌써 이렇게 된 줄도 모르고. 전화 요금도 많이 나올 텐데. 당신 부모님께 죄송스럽잖아. 오늘은 이쯤에서 끊읍시다."

변명도 제대로 나오지 않았다. 그만큼 토우코의 시선이 유타카의 마음을 깊숙이 찔렀다. 토우코는 한마디도 하지 않았으나, 감정은 많은 말을 쏟아 내고 있었다. 어떡할 거야, 어느 쪽을 선택할 거지?

　잠시 공백이 있은 후 미츠코가 느닷없이 말을 꺼냈다.

"끊기 전에 사랑한단 말 듣고 싶어요."

　요즘 통 듣지 못해 서운하다고 했다. 유타카는 갑작스러운 사태에 어찌할 바를 모르고, 토우코의 시선을 피하고 말았다. 그러고는 마치 변명하는 중학생처럼, 그런 말은 아무 때나 하는 게 아니다, 너무 자주 하다 보면 정작 결정적일 때 감동이 덜하지 않겠냐고 했다. 변명하는 내내 목소리에 힘이 실리지 않고, 몇 번씩이나 혀를 깨물 뻔했다.

　미츠코는 지금이 바로 그때라며 응수했다.

"아니, 좀 더 기다려요. 좀 더 멋진 타이밍이 있을 테니까, 그때까지 소중히 간직해 두고 싶어."

　씁쓸하게 웃어 넘겼다. 토우코의 시선이 아팠다. 잘 다듬어진 날붙이처럼 유타카의 뺨과 눈초리와 콧등을 도려냈다.

"때가 되면 뭐든지 다 해 줄 테니까, 그때까지는 아껴 두자고요. 알았죠?"

　유타카는 재빨리 말을 덧붙이고, 잘 자라는 인사와 함께 서둘러 수화기를 내려놓았다.

　토우코는 다 식은 스파게티를 포크로 말기 시작했다. 포크가 국수 가락에 둘둘 휘감기며 접시 위에서 발레리나처럼 회전했다. 토우코는 무표정하게 그것을 입으로 가져갔다. 그리고 유타카에게서 시선을 떼지 않은 채 스파게티를 씹었다.

"식어도 맛있네."

낮지만 심지 있는 목소리가 유타카의 고막을 긁었다.

작전이 실패로 돌아가면서 사태는 한층 더 괴로운 국면으로 접어들었다. 결혼이란 두 글자는 두 번 다시 입 밖에 낼 수 없게 되었고, 토우코는 이전보다 한층 억기차게 유타카의 팔에 매달렸다. 일본인이다 싶은 사람들을 발견하면 끌어안는 건 예사고, 심할 때는 사람들이 보는 앞에서 키스를 조르기도 했다.

토우코는 자신이 떠안은 스트레스를 해소하기 위해 쇼핑에 몰두했다. 그런데 물건을 사들이는 폼이 심상치 않았다. 유타카의 월급으로는 엄두도 못 낼 루이뷔통이니 에르메스 같은 고급 브랜드 제품을 닥치는 대로 사들였다.

"봐봐, 이 루이뷔통 트렁크 귀엽지? 이런 거 가지고 미국이나 유럽으로 여행 가고 싶다."

루이뷔통 대형 트렁크는 유타카의 한 달 치 월급보다도 비쌌다. 그것을 토우코는 주저하지 않고 사들였다. 오리엔탈 방콕의 스위트룸에 묵는 것도 모자라, 이런 고가의 물건을 마치 배낭 하나 사듯 가볍게 사들일 수 있는 여성을 달리 알지 못했다. 대체 그녀 뒤에 어떤 후원자가 있기에……. 아니면 그녀의 부친이 대재벌이라도 되는 걸까? 유타카는 상상하기가 두려웠다. 수표로 계산하는 토우코의 뒷모습을 보며 미츠코를 떠올렸다. 미츠코에게 매달려 '잘못했다, 정말 미안하다'며 모든 것을 털어놓고 용서를 구하고 싶었다. 미츠코를 생각하면 눈물이 날 지경이었다. 그러나 정말로 울 수는 없었다. 누가 시켜서가 아닌, 자신 스스로 이 어리석은 길을 택해 들어선 것이므로.

미츠코와의 전화 이후, 토우코의 주량이 늘었다. 매일 밤 유타카를 대동하고 호텔 근처의 술집을 전전했다. 가는 곳은 대개 정해져 있어서, 호텔 바 아니면 호텔 앞 차런크룽 거리에 있는 클럽 '발코니'였다. '발코니'에는 가수인 토니 아길라가 매일 밤 출연하여 그리운 히트송을 불렀다. 30대의 토니 아길라도 토우코와 안면이 있는 모양인지, 그녀를 볼 때면 늘 미소를 던져 유타카에게 은근히 질투심을 불러일으켰다.

"저 녀석이랑 뭔가 있었던 거야?"

유타카는 토니 아길라가 토우코를 위해서라며 노래를 부르기 시작했을 때 물었다. 토우코는 놀란 표정으로 유타카의 얼굴을 들여다보고는, 있었어 있었어, 하고 생긋 웃었다.

먼저 취하는 쪽은 으레 토우코였다. 술에 취해 유타카의 어깨에 기댄 채 잠든 토우코의 얼굴은 하얗고 사랑스러웠다. 시원스럽게 말려 올라간 속눈썹은 검은 눈동자 위에 펼쳐 놓은 비치파라솔 같았다. 가끔 초점 없는 눈으로 유타카를 찾을 때면 유타카는 그녀의 야윈 어깨를 감싸며 살포시 끌어안았다.

하루하루 지날수록 두 사람은 말수가 줄어들었다. 작전이 실패한 후, 유타카는 거의 자포자기 상태에 놓여 있었다. 어떻게든 되겠지, 하는 마음으로 모든 운을 하늘에 맡겨 버렸다. 스스로 망가지는 게 아닐까 싶을 정도로 매일같이 미츠코와 토우코, 둘 사이를 왔다 갔다 했다.

그러던 어느 날 밤, 호텔 바 라운지에서 토우코를 안다는 아시아계 남자 손님 하나가 영어로 이죽거리듯 물었다.

"당신들에 관한 소문이 이 부근에 파다하던데, 두 사람 결혼 안 합니까?"

만취해 있던 토우코는 상대의 얼굴도 제대로 보지 않고 대꾸했다.

"이봐요, 남자는 모두 겁쟁이라니까."

그 남자도 취하긴 했으나, 토우코가 훨씬 많이 취해 있었다. 머쓱해진 남자는 같이 온 백인 여성에게 어깨를 으쓱해 보였다. 토우코가 벌떡 일어나더니, "바보." 하고 중얼거리고는 유타카에게 키스를 했다. 토우코의 가는 혀가 유타카의 입 안을 파고들었다. 알코올과 시가와 향수 냄새가 뒤섞인 바 안에서 유타카는 옴

짝달싹할 수 없었다. 백인 여성이 웃었다. 누군가가 휘파람을 불었다. 다행히 일본인 손님은 없었지만, 유타카는 어찌할 바를 모르고 쩔쩔맸다.

마치 몇 십 미터 이상을 잠수하고 나온 다이버처럼, 토우코는 유타카한테서 입을 떼자마자 큰 숨을 토해 냈다. 아시아계 남자는 웃으면서도 유타카에게 "대단한걸." 하고 윙크를 보냈다. 유타카는 어깨를 으쓱해 보였으나, 당사자인 토우코는 유타카에게 안긴 채 잠이 들어 버렸다.

유타카는 서머싯 몸 스위트까지 토우코를 들쳐 메다시피 하고 걸었다. 토우코는 양팔로 유타카의 목을 끌어안은 채 늘어진 몸을 완전히 내맡기고 있었다. 벨 보이가 달려와 얼음물이라도 갖다 드릴까요, 하고 걱정스럽게 물었다. 미안하지만 방문 좀 열어주지 않겠냐고 부탁하자 알겠습니다, 하고 고개를 끄덕이고 나서 동행해 주었다.

방은 다시 말끔하게 정돈되어 있었다. 테이블 위 꽃병에 덴파레꽃이 한 송이 꽂혀 있었다. 벨 보이가 황금 침실의 문을 열어주어 유타카가 침대 위에 토우코를 뉘였다. 순간, 떼어 놓으려는 유타카를 토우코의 팔이 힘껏 끌어당겼다.

"가지 마."

마지막 말을 뱉은 토우코의 팔에서 힘이 빠지고, 하얀 두 팔이 침대 위에 축 늘어졌다. 그녀는 유타카와 벨 보이가 지켜보는 가운데 깊은 잠에 빠졌다.

유타카는 고맙다는 말과 함께 벨 보이에게 팁을 건넸다. 청년은 가슴께에 손을 모으고 불교 신자처럼 인사를 했다. 청년이 방을 나간 후, 유타카는 거실 의자에 앉아 침대 위에 잠들어 있는 토우코를 하염없이 바라보았다.

대체 어찌 되려는지……. 앞날이 불안해졌다. 토우코는 이미 미츠코 이상으로 유타카의 마음속에 깊이 자리잡고 있었다. 그것은 어쩔 수 없는 감정이었다. 날이 갈수록 망가져 가는 토우코가 가여웠다. 그러나 그 마음을 말로 표현하는 것은 위험했다. 유타카는 서쪽 창을 열고 달빛 아래 희미한 차오프라야 강을 바라보았다. 나는 어디로 흘러가려는 걸까. 다시 한 번 자문해 본다. 잠자는 토우코의 숨소리가 희미하게 들려왔다.

제7장

 히가시가이토 유타카는 가슴이 터져 버릴 것 같은 괴로운 나날을 보내고 있었다.

 친척인 안자이 야스미치・쥰코 부부가 한마디 말도 없이 버마(현 미얀마)로 전근 갔다는 사실을 알게 된 것도 이 무렵이다. 워낙 좁은 사회라 두 사람 귀에도 어차피 토우코 이야기가 흘러 들어갔으려니 각오하고 있던 참이라 전화 걸 용기도 생기지 않아 차일피일 미루던 중, 결혼식 전에 한 번쯤은 이쪽에서 전화를 걸어야 하지 않겠냐는 생각에 연락해 보았는데. 아들처럼 대해 주던 두 사람이 온다 간다 말도 없이 태국을 떠났다. 틀림없이 일본인 사회 속에서 살기 힘들어져 떠났으려니 생각하니, 마음씨 고운 두 사람을 구차하게 만든 것 같아 유타카는 마음에 걸렸다.

 일본인회 담당 직에서 제외된 것도 같은 시기였다. 이유는 뻔했지만, 상사인 사쿠라다는 그 일에 대해 한마디 설명도 없었다. 마치 해고를 통보하듯, 이제 일본인회에는 얼굴 내밀지 않아도 돼, 라는 말이 전부였다.

 그즈음에는 토우코와 팔짱을 끼고 스쿰빗 거리를 걸어도 더 이상 놀라는 일본인은 없었지만, 시선은 하나같이 차갑기 그지

없었다.

오랜만에 아파트로 돌아와 우편함에서 다키자와 나에가 보낸 편지를 발견했을 때, 뜯지 말고 그대로 버릴까 잠시 고민했다. 토우코를 알고부터 유타카는 참으로 소중한 사람들에게 많은 실망과 배신을 안기고 말았다. 다키자와 나에는 업무 면에서 생활 면에 이르기까지 안자이 부부 못지않게 부모처럼 대해 주었다는 점에서, 유타카에게는 은인이라고 할 수 있는 존재였다. 결혼 소식도 다키자와에게 가장 먼저 알렸을 정도다. 유타카는 마음의 준비를 단단히 하고 나서 편지 겉봉을 뜯었다.

전략(前略)

이제 와서 새삼 꺼낼 이야기도 아니고, 유타카 씨도 어른이니까 자신이 하는 일에 책임질 각오가 되어 있을 거라 생각합니다. 하지만 미혹되지 않기를, 더 이상 방황하지 않기를 바라는 마음에서 이 글을 씁니다. 고민하는 것은 좋지만, 미혹에 빠져 얻어지는 것은 없습니다. 고민하고 또 고민하고, 고민을 거듭하는 가운데 인간은 성장하기 마련입니다. 그러나 미혹을 이기지 못하고 방황만 거듭한 인간은 무지러지고 얄팍해지다 못해 결국 비참한 지경으로 떠밀려 가고 말 테죠. 그러니 후회만 남는 인생만큼은 선택하지 않도록 세심한 주의를 기울이기 바라는 마음입니다.

유타카 씨가 결혼을 앞두고, 이 방콕 속의 일본인들을 적으로 돌리면서까지 사랑하지 않으면 안 될 만큼 그 상대에게 매력이 있는 거겠죠. 틀림없이 그럴 거라 믿고 있습니다. 그렇다면 더더욱 앞으로의 인생을 위한 결단을 서둘러야 합니다. 지난번, 아마린 호텔 지인에게서 결혼식은 예정대로 치러질 것이란 이야기를 들었습니다.

인생에는 다양한 국면이 존재하기 마련입니다. 그러니 나는 당신을 무조건 비판하지는 않습니다. 유타카 씨는 다소 철부지 같은 면도 있지만 호청년임에는 틀림없어요. 긴 인생을 살다 보면 잠시 잠깐 잘못을 저지를 수도 있겠죠. 하지만 그 유예 기간도 이제 얼마 남지 않았습니다. 희생은 최소한으로 줄여야 해요. 그렇기 때문에 더더욱 지금 방황해선 안 된다고 생각합니다. 고민하고 결정을 내려야 합니다. 더 이상 망설일 시간이 없어요.

결론은 하나죠. 유타카 씨는 지금 인생의 두 갈래 길에 서 있습니다. 어느 길이든 한쪽을 선택해야 한다는 것. 괴로울지 몰라도 그 방법밖에 없습니다. 어차피 시간이 모든 것을 말해 주겠지만, 내딛는 한 발은 누구도 아닌 유타카 씨 스스로 결정해야 합니다.

내가 군인이었던 남편과 함께 이 나라에 왔을 때, 처음에는 태국 사람들한테서 그다지 환영받지 못했습니다. 그래도 남편과 둘이 힘을 합쳐 일본과 태국의 우호를 위한 중간 역할을 계속해 왔지요. 남편이 병으로 쓰러져 타계한 후에도, 나는 이곳에 남기로 결심했습니다. 많이 고민했지만, 미혹은 없었어요. 지금도 여전히 반일 감정이 뜨거운 것이 사실이지만 태국인들의 마음이 조금씩 열리고 있는 것 또한 분명해서, 거기에 일조하고 있음을 자랑스럽게 여기고 있답니다.

내가 유타카 씨를 내 자식처럼 사랑하고 응원해 온 까닭은 유타카 씨에게 많은 것을 의탁하고 싶었기 때문이에요. 하지만 부담은 갖지 말아요. 아무리 호청년이라 해도 방황하고 타락할 때가 있겠죠. 그러한 타락은 인생살이에 필요한 것이라고 나는 믿어요.. 그처럼 괴로운 타락을 경험한 인간에게는 반드시 올바른 것을 가려내는 힘이 깃든다는 것을. 그러니 자기 자신을 되돌아보길 바라는 마음입니다. 지금의 일을 누군가의 인도, 하느님이 됐든 누가 됐든, 신이 주신 시련으로 받아들이길 바래요. 그리고 앞으로의 긴 인생을 생각해서 어느 쪽으로 발을 내디딜 것인지, 결단 내려 주길 바랍니다.

이야기가 길어졌네요. 좀 더 간결하게 전하고 싶었는데, 늙은이의 주장처럼 돼 버려서 미안합니다. 하지만 정말로 유타카 씨가 걱정되어 하는 말이니, 모쪼록 마음 한구석에 나의 변변찮은 충고를 담아 주기 바랍니다. 그럼, 잘 지내요.

다키자와 나에

토우코와는 지구전에 돌입해 있었다. 결혼식을 불과 3주일 앞두고 둘 사이에는 한층 팽팽한 긴장감이 감돌았다. 그럼에도 두 사람은 마음의 동요를 겉으로 드러내지 않으려 애쓰면서 하루하루 보냈다.

헤어져야 하는 날이 다가옴에 따라, 그들의 배출구는 오로지 육체적인 교접에 맞춰졌다. 토우코는 거칠고 사납게 요구해 왔고, 유타카는 그것을 거절하지 않았다. 토우코는 폭발할 것 같은 기분을 죽을힘을 다해 가라앉혔다. 그 감정을 거스르는 일만큼은 호청년으로서 결코 해서는 안 되는 일이었다.

성기의 밑동이 얼얼해질 만큼 두 사람은 격렬하게 안고 또 안았다. 성욕도 쾌감도 없었다. 그래도 육체를 분기시켜야 했다. 아침, 점심, 밤, 아침, 점심, 밤, 가리지 않고 되풀이되면서, 촉촉이 솟아나던 토우코의 샘물도 점차 마르기 시작했다. 사랑의 속삭임마저 끊어지고, 흥분도 없이 그저 격렬하게 몸을 비빌 때마다 두 사람은 예민하게 상처 입었다. 피부가 마찰될 때마다 두 사람의 영혼과 마음, 기분, 감정에 예리한 칼자국이 드러났다.

유타카는 그런 와중에도 토우코의 눈을 피해 아파트로 돌아와, 일주일에 한 번 있는 미츠코의 전화를 받고, 보내온 편지를 읽고 답장을 써 보냈다. 그것을 눈치 못 챌 토우코가 아니었지만, 그녀는 모르는 척했다. 그것이 한층 그녀의 정신을 무겁고 안타깝게 짓누르며 들볶았다.

그러한 고통에서 달아나려는 듯이 두 사람은 유적지로 알려진 북부 도시 아유타야로 여행을 다녀오기로 했다. 토우코는 호텔 보트를 전세 냈다. 보통 성인 몇 사람이 탈 수 있는, 이 부근에서는 다소 호화로운 축에 속하는 관광용 배였다. 두 사람은 등나무로 짠 장의자를 갑판에 나란히 놓고, 그곳에 드러누워 코코넛 주스며 맥주를 마시면서 꾸벅꾸벅 졸았다. 가이드 청년들이 남국 식물의 잎으로 만든 큼직한 부채를 부쳐 주며 사치스러운 시원함을 연출했다.

배는 한가로이 차오프라야 강을 거슬러 올라갔다. 땀에 젖은 뺨 위로 바람이 스치고 지나간다. 기분 좋은 남풍이었다.

시끌벅적한 방콕을 빠져나오자 그곳은 별세계였다. 탁 트인 전원 풍경이 이어졌다. 지평선 끝까지 온통 논밭밖에 보이지 않았다. 물소를 끄는 농부가 끝없이 이어지는 논밭 중간쯤에서 일을 하고 있었다. 모내기를 하고 있는 모양인데, 움직임이 너무 느리다 보니 마치 시야 속에 핀으로 눌러 놓은 것만 같았다.

토우코는 큼직한 선글라스를 쓰고 있어서, 유타카는 그녀가 어디를 보고 있는지 짐작하기 어려웠다. 차오프라야 강 끝을 보고 있는 것 같기도 하고, 다른 곳을 보고 있는 것 같기도 하다. 꼭 다문 입술 끝에 힘이 깃들어 있는 것이 느껴진다. 평온한 풍경과는 달리, 그녀는 마치 분화를 기다리는 화산처럼 무언가를 인내하고 있는 듯했다.

아유타야에 도착하자 배를 대기시킨 두 사람은 수상 레스토랑을 찾았다. 강기슭에 대 놓은 지붕 딸린 커다란 보트가 테라스 식당 역할을 하고 있었다. 갑판에 테이블이 늘어서 있고, 그곳에서 관광객들이 식사를 하게끔 되어 있었다. 요리는 강 둔덕에 있는 주방에서 마련하고, 웨이트리스들이 미덥지 않아 보이는 다리 위를 유유히 오가며 음식을 날랐다. 아직 점심을 먹기에는 좀 이른 감이 있어서인지, 유타카 일행 외에 독일인 노부부가 안쪽 자리에서 조용히 바다를 보며 식사를 하고 있을 뿐이었다.

토우코는 연신 주문을 했다. 얼마 지나지 않아, 스트레스 해소를 위한 것으로밖에 생각되지 않을 만큼 많은 양의 음식이 차려졌다. 코코넛 밀크를 곁들인 닭고기 수프 '톰카가이', 카레 맛 야

키소바 '카오소이', 어린 파파야를 채 썰어 넣은 매운맛 샐러드 '솜땀', 야채 볶음 '팟팍', 게살 카레 볶음 '푸팟퐁 커리', 닭고기와 흰 가지를 이용한 코코넛 카레 '껭 키아우', 매콤한 해산물 야채 볶음 '팔 팻 탈레', 마지막으로 가물치찜 '쁠라천 페사'까지.

테이블 가득 차려진 음식을 보고 유타카는 한숨을 내쉬었다.

"이걸 다 먹게?"

토우코는 묻는 말엔 대답하지 않고 말없이 젓가락을 놀렸다. 그러나 어차피 얼마 먹지도 못하고 젓가락을 내려놓을 게 불 보듯 뻔했다. 나머지는 전부 유타카가 처리해야 했다. 고추의 매운맛과 라임의 신맛, 게다가 팍치라 불리는 향신료 맛이 더해진 태국 요리에 저절로 땀이 솟았다. 여기서도 두 사람의 혼란스러운 감정과 상관없이 기분 좋은 바람이 잔잔하게 불었다.

탁힌 진녹색을 띤 강 수면이 마치 동물처럼 생생하게 움직였다. 웨이트리스들이 배와 강 둔덕을 연결하는 다리를 건널 때마다 끼익, 끼익 하고 건조한 소리가 났다. 강 건너에는 갈대가 무성하고, 그 위에는 구름 한 점 없이 파란 건계(乾季)의 태국 하늘이 펼쳐져 있다.

"실컷 드셨습니까?"

유타카가 농담조로 묻자 젓가락을 내려놓은 채 괴로운 표정으로 음식을 내려다보고 있던 토우코가 대답했다.

"어쩔 수 없잖아."

그녀의 눈이 곧장 유타카의 안구에 와서 꽂혔다. 응석 부리는 눈 같기도 하고, 화난 눈 같기도 했다.

"교활해."

토우코의 내뱉는 듯한 말에 유타카의 얼굴에서 웃음이 가셨다. 조심스럽게 토우코의 안색을 살폈다. 토우코는 토우코대로, 줄곧 가슴을 치받는 응어리를 어찌 해야 좋을지 모르는 기색으로 흥분을 가라앉히려 연신 숨을 들이마셨다.

"교활해. 당신은 정말 교활해."

유타카는 강 수면으로 시선을 돌렸다. 가물치일까? 강 중간쯤에서 무엇인가 탁, 하고 튀어 오르더니, 몇 겹의 원이 생기면서 아름답다 싶을 만큼 우아하게 퍼졌다가 사라졌다.

12월이 코앞이었다. 크리스마스에는 미츠코와 그 가족들이 대거 몰려올 것이다.

"교활해. 당신은 진짜 교활해."

토우코의 도발에 말려들면 안 되었다. 당장 분위기를 바꿔 볼 요량으로 무책임한 말을 뱉었다간 도리어 여봐란 듯이 분노를 폭발시킬 게 분명했다. 아무리 부드러운 말을 늘어놓아도, 미츠코와 결혼한다는 사실만큼은 움직일 수 없다는 것을 토우코는 알고 있었다. 그녀의 스트레스는 바야흐로 정점을 향해 치닫고 있었다.

유타카는 무조건 말을 조심했다. 그녀의 심기를 건드리지 않게 행동해야 했다. 웃어도 안 되고, 무표정해도 안 되고, 무기력해도 안 되고, 무관심해서도 안 되었다. 모든 책임은 자신에게 있다며 고개 숙이는 것이 최선이었다. 요지부동인 토우코의 기분이 풀어질 때까지 인내하는 수밖에 없었다.

"교활해, 교활해, 교활해."

토우코는 이 말을 혼잣말하듯 조그맣게 입속에서 되뇌었다. 마치 주문 같은 울림을 귓속으로 받아들이던 유타카의 마음이 크게 흔들렸다. 그리고 자신이 진정 원하는 사람이 미츠코인지 토우코인지 알 수 없다는 생각이 들기 시작했다.

토우코의 화를 돋우어 미츠코와의 결혼을 방해받는 것이 이전만큼 겁나지 않았다. 얼마 전까지만 해도 불안감이 확실히 컸으나, 12월이 가까워지면서부터 유타카는 오히려 다른 갈등 속에 놓이게 되었다. 정말 미츠코와 함께하는 것이 행복해지는 길일까, 하는 생각이 들기 시작한 것이다. 출세라든지 안정된 생활과는 다소 멀어지더라도 일상에 자극이란 것이 있어야 지루하지 않은 즐거운 인생이 되지 않을까, 하고.

게다가 토우코와 함께한 짧은 나날은, 단조롭고 무미건조한 그의 인생에서 더없이 찬란하게 빛났다. 그것만은 사실이라고,

유타카는 자신의 마음에 호소했다. 무엇보다 토우코의 인간적인 매력을 이길 수 없다는 이유가 가장 컸다. 천진난만하고, 지금까지 볼 수 없었던 예측 불가능한 모험적인 생활 방식. 그것은 정해진 궤도 위를 기를 쓰고 올라온, 잘 짜인 틀 속에서 성장한 자신의 인생보다 몇 배는 더 자유롭고 느긋한 삶의 방식처럼 느껴졌다. 물론, 물 쓰듯 쓰는 그녀의 자금 출처는 여전히 수수께끼로 남아 있다. 뭔가 어두운 그림자 같은 것이 배후에 꿈틀거리고 있을지도 모르지만, 그래도 정해진 방식대로밖에 살지 못하는 자신보다는 훨씬 빛난다. 유타카는 그렇게 생각했다. 토우코가 사랑스러웠다. 유타카는 그때서야 다키자와 나에의 충고를 떠올리며 갈등하기 시작했다.

식사 후 두 사람은 유적지를 정처 없이 걸었다. 아유타야는 동서 7킬로미터, 남북 4킬로미터에 이르는 섬으로, 14세기 무렵부터의 역사적인 유적이 근방에 산재해 있었다. 긴 세월을 지나는 동안 왕궁이며 사원은 버마의 침략과 국내 반란에 의해 수차례 파괴되고 다시 세워지고, 혹은 풍화되어 현재의 모습으로 남게 되었다.

'왓 프라 마하타트' 사원은 버마 군에 의해 파괴된 당시의 흔적이 지금까지 고스란히 남아 있는, 신비하고 기묘한 유적이다. 유적 입구에는 불상의 머리가 묻힌, 어쩐지 기분 나쁜 나무뿌리가 있었는데, 그것을 본 토우코가 얼굴을 찌푸렸다. 유적지의 돌 불상은 하나같이 머리가 잘려 나가거나 없는 등, 살육으로 얼룩진 시대의 아픔을 생생히 담고 있었다. 그러나 그러한 역사의 상흔도 지금은 한낱 관광의 소도구에 지나지 않았다. 이곳을 찾은 관광객들은 그간의 일상을 잊고 시간의 침식이 만들어 낸 예술의 세계에 빠져 들었다.

풍화가 심한 사원의 돌계단, 난간이나 로프 하나 없이 가파른 돌계단을 두 사람은 천천히 올라갔다. 이곳에서만큼은 유타카가 토우코를 리드했다. 토우코는 늠름한 유타카의 팔에 매달려 한 계단 한 계단 오르기 시작했다. 구두가 벗겨질 뻔하거나 무거워진 다리를 옮길 수 없을 지경이 되면, 유타카는 신속하게 몸을 움직여 그녀를 붙들어 주었다.

정상에 오르자 아유타야 전역이 한눈에 내려다보였다. 뾰족탑 꼭대기에 나란히 걸터앉아 기분 좋게 흘린 땀을 닦고, 탁 트인 사방을 둘러보았다. 그곳에는 시간을 초월한 역사가 오도카니 남아 있는 듯한 조망이 펼쳐져 있었다. 두 사람은 한동안 아무 말 없이 360도로 펼쳐진 지평선을 둘러보았다.

토우코는 말이 없었다. 아니, 수상 레스토랑을 나온 후부터 두 사람은 줄곧 말을 잃고 있었다. 열반불(涅槃佛)과도 같은 흰 구름이 하늘 저편을 감돌아 간다. 일본은 너무 멀리 있었다.

"태국에는 왜 온 거야?"

유타카가 구름을 바라보며 물었다. 토우코에 관해 모르는 것이 너무 많았다. 굳이 물으려 하지 않았지만, 토우코도 자신의 이야기를 비치고 싶어 하지 않는 눈치였다. 어떻게 그런 고급 호텔에서 지낼 수 있는지, 딱히 하는 일도 없으면서 어떻게 그런 고가의 쇼핑이 가능한지, 유타카는 그 이유가 진지하게 알고 싶어졌다.

"부자 같은데, 그 돈이 다 어디서 나오는지 알고 싶어. 늘 대접받는 돈의 출처를 알아 두고 싶어. 그렇지 않으면, 제아무리 맛있는 걸 먹어도 맛있게 느껴지지 않아."

너무 대놓고 물어본 탓인지 토우코가 웃음을 터뜨렸다. 오랜만에 보는 그녀의 웃는 얼굴이었다. 그 웃음으로 인해 두 사람 사이의 딱딱한 분위기가 잠시나마 풀어졌.

토우코가 유타카의 눈을 들여다본다.

"알고 싶어?"

"응, 알고 싶어. 나, 당신에 대해 모르는 게 너무 많아. 지난 석 달 동안 서로 안기만 했잖아."

토우코가 소리 내어 웃기 시작했다. 한바탕 웃고 나서는 어느새 진지한 얼굴로 돌아와 다시 하늘 끝으로 시선을 주며, 그래, 하고 중얼거렸다.

긴 침묵 후, 그녀가 입을 열었다.

"당신한테 사정이 있듯 나한테도 내 나름의 사정이 있어."

"어떤?"

그녀가 바람에 깎인 돌조각을 집어 톡, 하고 내던졌다. 데굴데굴 구르는 돌이 멈출 때까지 지켜보다가 미소를 짓고, 다시 입을 한일자로 꾹 다물어 버리는 그녀. 조금 생각하는가 싶더니 마음을 정한 듯, 그래, 하고 고개를 끄덕였다.

"지난달이었나? 호텔 바에서 나, 무척 취한 적 있었지?"

유타카는 기억을 더듬었다.

"중국인 남자가 백인 여자랑 함께 있었어."

중국인. 유타카는 앵무새처럼 그 말을 입속에서 되뇌었다.

"그 남자가, 근방에 소문이 파다한데 당신들 결혼 안 할 거냐고 물었잖아."

유타카는 기억이 일치하자 저도 모르게, 아하, 하고 말을 흘렸다. 오리엔탈 방콕의 바 라운지에서 옆 자리에 앉은 아시아계 남자가 영어로 그런 말을 했다. 금발의 백인 여자를 동반한 다소 거들먹거리던 스타일의 아시아인. 어둑어둑한 바의 분위기. 가게 안에 흐르던 나른한 재즈 사운드. 그리고 실내에 떠돌던 소음과 시가 연기.

"당신이 만취한 밤이었지. 방까지 데려가느라 무척 애먹었을 때야."

"내가 그날 밤 왜 그렇게 취했을 것 같아?"

유타카는 토우코의 눈동자에 머무는 빛을 발견했다. 12월로 다가온 미츠코와의 결혼으로 인한 스트레스가 아니었을까, 하고 마음속으로 중얼거렸지만 입 밖에 낼 수는 없었다.

"그 남자가 바에 있었기 때문이야."

"그 남자?"

의외의 대답이었다.

"그 사람, 내 전 남자."

"무슨 소리야?"

"전남편."

"전남편이라니, 당신, 결혼했었어?"

"했었어. 그 사람이랑 5년이나 같이 살았어."

상쾌한 바람이 뺨을 스치고, 동시에 마음속 습기가 올라온다. 그날 아시아계 남자는 백인 여성을 데리고 옆 자리로 와서 앉았다. 토우코 바로 옆 자리였다. 그러나 토우코와 그 남자가 딱히 대화를 나눈 기억은 없다. 토우코가 남자를 보고 있었던 것 같지도 않다. 다만, 그때를 경계로 하여 토우코의 음주량이 늘어난 것만큼은 확실하다.

"그 사람, 이 일대에서 석유를 취급하고 있어. 동남아시아에서 그 사람 이름을 모르는 사람이 없을 만큼 부호지. 그밖에 신문사며 텔레비전 방송국도 갖고 있어."

그래, 하고 고개를 끄덕이는 것이 고작이었다. 그러고 보니 확실히 어딘가에서 본 적이 있는 얼굴이었다. 『ASIA WEEK』인가 뭔가 하는 잡지에서 얼굴 사진을 보았던 것 같다. 동남아시아 일대에서 성공을 거머쥔 젊은 실업가. 안자이 부부도 그 남자와 거래했을 가능성이 크다. 그렇다면 자신이 사귀고 있는 여자가 그 남자의 전처임을 알고, 방콕을 떠났을 수도 있다. 유타카는 입술을 깨물었다.

"홍콩에서 처음 만나 곧 결혼했어. 나는 당시 홍콩의 외자계 상사에 근무하고 있었어. 갓 입사한 데다 홍콩에 부임한 지도 얼마 안 되어 아무것도 모를 때였지. 방을 구할 때까지 호텔에서 지내고 있었는데, 그곳 풀장에서 그를 알게 됐어. 서른 살이나 연상이야. 연인이라기보다 부녀지간 같았지."

그 무렵을 떠올리며 토우코는 웃었다.

"하지만 그쪽 부모님의 엄청난 반대에 부딪혔어. 무리도 아니었지. 난 요리도 못하고, 집안 살림만 할 타입은 아니었으니까."

토우코는 다리를 꼬고 앉아 두 팔로 무릎을 안았다. 여느 때 없이 솔직한 옆모습이다. 돌 틈에 난 잡초를 손가락으로 잡아 끝을 돌돌 말았다.

"시집에서의 생활은 즐겁지 않았지만, 그 사람은 좋았어. 나한테 파더 콤플렉스가 좀 있는 탓인지, 어릴 때부터 연상의 남자에게 끌렸어. 그래서 헤어져 달란 말을 들었을 때 많이 힘들었지. 난데없이 뭐냐고, 이혼이 무슨 인사이동쯤 되는 줄 아느냐고 화를 냈지만, 한 번 말을 뱉으면 번복하지 않는 사람이었으니까. 어마어마한 금액의 위자료를 받았어. 평생 쓰고도 남을 만큼. 까짓 돈……."

잡초를 홱 잡아 뽑았다.

"그 남자 곁에 있던 백인 여자가 그의 새 부인이야. 미국인 모델이라지. 그런 글래머를 찾아내다니, 아무튼 못 당한다니까."

후후, 하고 웃었지만 미소는 금세 사라졌다.

"분한 마음에 복수해 주고 싶었어. 그 여자에게 뒤지지 않는 멋진 남자를 찾아내, 온 방콕 시내를 데리고 돌아다녀 주겠노라고. 특히 그가 나타날 만한 바나 레스토랑을 골라 샅샅이."

"엣?"

유타카는 되묻고, 토우코는 그래, 하며 고개를 끄덕였다.

"당신을 처음 본 순간, 이 사람이다 싶었지. 당신은 스포츠맨에 기량도 뛰어나고, 무엇보다 호청년이잖아? 데리고 다니면 언젠가는 그 사람 눈에도 띌 테고. 질투심을 불러일으키고 싶었어."

아파트를 처음 찾아왔던 날, 토우코의 화려한 모습이 유타카의 뇌리를 스쳤다. 커튼 닫히는 소리, 의자 위에 던져 놓은 꽃의 아름다운 색조. 삐걱거리는 침대 소리. 구겨진 셔츠가 그려 내는 유선.

"잠깐만. 그럼 당신은 내게 첫눈에 반해서 다가온 것이 아니라, 복수에 이용할 셈으로……."

"그래, 맞아."

"어떻게 그런……."

"좀 더 들어 봐. 처음엔 말이지, 처음엔 그럴 생각이었어. 멋진 남자와 팔짱을 끼고 걷는 장면을 헤어진 남편한테 보여 주고 싶었어. 두 번 다시 돌아오지 않을 사람이란 건 알고 있었지만, 그에게 미련을 느끼게 해 주고 싶었어. 그래서 당신한테 약혼자가 있다는 사실도 개의치 않았던 거야. 잠깐 동안만 당신의 싱싱함을 빌릴 생각이었으니까. 그런데……."

토우코가 유타카를 돌아보며 이렇게 중얼거렸다.

"그런데, 그건 나의 계산 착오였어."

거기서 일단 고개를 숙이고 눈을 감은 채 잠시 망설이는가 싶더니 다시 고개를 번쩍 들며 말을 이었다.

"당신한테 점점 빠져 들었어. 당신과 정을 나누는 동안, 복수 따위 아무래도 좋다는 생각이 들게 됐어. 처음으로 아무런 계산

속 없이 남자를 받아들일 수 있게 된 거야. 당신은 내 곁에 놓아두고 싶은 남자! 당신은 사랑스러운 사람!"

"하지만……."

"분하지만, 이건 사실이야."

유타카는 처음 듣는 토우코의 속사정과 본심에 놀라면서도 마음이 흔들렸다. 사랑스러운 사람이라는 말에 그는 솔직히 기쁨을 느꼈다. 그러나 내색할 수는 없었다. 유타카는 침묵했다. 그리고 대지 저편으로 시선을 옮겼다.

토우코가 유타카의 가슴에 얼굴을 기대 왔다. 억지스럽지 않았다. 여느 때 없이 조신하게, 마치 소녀와도 같이. 유타카는 그녀를 끌어안아도 될지 잠시 망설였다. 그리고 나서 어깨에 살짝 손을 얹었다. 이제야 토우코가 자신에게 접근한 이유를 알게 되었다. 오리엔탈 방콕에서 지내는 이유도 알았다. 부자인 이유도. 그리고 가끔, 성격과는 정반대의 공허한 빛이 눈동자에 어리는 이유도. 모든 것을 알았으니 개운해야 하련만, 가슴은 오히려 더 답답해졌다.

두 사람은 왓 프라 마하타트 정상에서 말을 건네는 대신 입맞춤을 나누었다. 그것은 전에 없이 달콤하고 부드럽고 포근하고, 그러면서도 조금 애달팠다.

제8장

아유타야 여행을 계기로 세상은 일변했다.

12월의 시간은 유독 빠르게 흐르는 것처럼 느껴졌다. 그리고 더 이상 자신의 힘으로 어쩔 수 없는 단계에 돌입했다는 것을, 유타카는 매일 아침 눈을 뜰 때마다 자각해야 했다.

결혼이 코앞이라 매일같이 미츠코가 세세한 의논 전화를 걸어왔기 때문에 유타카는 퇴근하면 일단 자신의 아파트로 돌아와야 했다. 그리고 미츠코와 전화 통화를 마친 후 다시 토우코가 있는 오리엔탈 방콕으로 향했다.

귀가가 늦어지는 이유를 유타카는 토우코에게 설명하시 않았다. 하지만 도쿄와의 연락 때문이라는 것은 당연히 눈치 채고 있을 터였다. 아유타야에서 어느 정도 속마음을 털어놓았다고는 해도, 토우코의 조바심이 가신 것은 결코 아니었다. 오히려 그녀는 자신의 마음을 일방적이나마 유타카에게 전달한 셈이어서, 그에 대한 대답을 주지 않는 유타카 때문에 둘 사이가 삐걱거리기 시작했다. 유타카는 토우코의 마음―좋아한다느니 사랑한다느니 하는 구체적인 말이 아니라, '당신은 사랑스러운 사람'이라는 추상적인 말일지라도―을 알게 되어 솔직히 기뻤다. 그러나

정 때문에 마음 약해져선 안 된다고 스스로를 다잡았다.

　토우코는 유타카를 기다리는 동안 외로움을 달래기 위해 더한층 쇼핑에 매달렸다. 서머싯 몸 스위트에는 에르메스, 루이뷔통 같은 고급 브랜드 제품들이 끊임없이 배달되었고, 현관에 들어서면 보이는 방은 하루하루 쌓여 가는 물건들로 창고를 방불케 했다.

　크리스마스를 일주일 앞둔 저녁, 유타카가 돌아와 보니 토우코의 눈빛이 심상치 않았다. 무언가에 홀린 듯 치켜 올라간 두 눈은 광기와도 같은 빛을 발하며 이글이글 타오르고 있었다. 흡사 마그마가 분출되기 직전의 활화산 같았다.

　토우코는 사들인 옷들을 차례차례 갈아입어 가며 황금 침실 한가운데에 놓인 거울 앞에서 패션쇼를 하고 있었다. 유타카는 다녀왔다는 소리조차 못 내고, 그녀의 독무대를 멀찍이 서서 엿볼 수밖에 없는 덜떨어진 관객이 되어야 했다.

　벗어 던진 옷가지가 하나 둘, 침대 위에 아무렇게나 쌓여 갔다. 음악도 없다. 웃음도 없다. 박수도 없다. 그저 입었다가 벗고, 벗었다가 입는 패션쇼였다.

　서머싯 몸 스위트의 화려한 진분홍색 벽지가 그녀의 광기를 더욱 쓸쓸하게 비추고 있었다. 혁명이 일어난 왕국의 가련한 왕비 같은 딱한 모습. 화려했던 시절을 그리워하면서도 코앞까지

밀려온 반란군이 언제 들이닥칠지 몰라 전전긍긍하는 왕비처럼, 새파랗게 질린 얼굴로 토우코는 차례차례 옷을 갈아입었다.

그녀는 원통한 마음에 수도 없이 가슴을 쥐어뜯으며 옷을 벗고 알몸이 되었다. 잘록한 허리에서 보동보동한 둔부로 이어지는 아름다운 몸매에 유타카는 그만 넋을 잃었다. 둔부를 지나 후두부까지 곧게 뻗은 등뼈의 아름다운 라인에 도취되었다. 그녀가 망가지면 망가질수록 육체는 오히려 더욱 요염한 모습으로 다가왔다. 장딴지 아래의 가는 발목은 당장이라도 부러질 듯한 나뭇가지를 연상시켰고, 반원형의 동그스름한 뒤꿈치는 선정적이었다. 처진 듯 만 듯한 두 팔이 에로틱한 느낌과 함께 흥분을 몰고 왔다. 슬프게도 자기 자신의 육체를 끌어안는 팔 끝에서, 그녀의 희고 가는 손끝이 피아노 건반을 두드리듯 움직였다.

토우코가 비즈로 장식된 서머 드레스를 집어 들었다. 옷을 입고 한 바퀴 휙 도는가 싶더니 그만 몸의 균형을 잃고 그 자리에 쓰러지고 말았다. 유타카는 황급히 다가가 일어나려는 그녀를 향해 손을 뻗었다. 그러나 단칼에 거절당하고, 가슴을 힘껏 떠밀리는 바람에 그대로 침대 위에 벌렁 나자빠지고 말았다.

토우코는 경멸하는 듯한 눈빛으로 유타카를 잠시 노려보았다. 그리고 나서 천천히 드레스를 벗더니 유타카를 타고 앉아 그의 셔츠를 벗기기 시작했다. 머리맡에 있는 버튼을 눌러 실내를 휘황하게 밝히고 있던 전등을 껐다.

유리창으로 비쳐 드는 달빛 아래 그녀의 윤곽이 드러났다. 쓸쓸한 얼굴이 보이지 않아 다행이라는 생각이 든 것도 잠시, 복부에 미지근한 온기를 느꼈다. 그것이 토우코의 눈물임을 안 유타카에게도 그 괴로움이 감염되고 말았다.

눈물은 계속해서 떨어졌다. 젖은 수건을 쥐어짜기라도 하듯 뚝뚝 떨어지는 눈물. 이토록 많은 눈물을 여태 어디에 감춰 두고 있었던 걸까. 철의 혼을 가진 여자인 줄로만 알았던 토우코가 눈물을 흘리는 이 사태 앞에서 유타카도 태연할 수 없었다.

유타카는 손을 뻗어 배꼽 주위에 고인 눈물의 못을 만져 보았다. 정액 같은 눈물이라고 생각했다. 손가락 끝에 닿은 눈물을 살짝 핥아 보니, 왜 그런지 달콤한 꿀맛이 났다.

토우코는 급기야 소리 내어 울기 시작했다. 황금 침실이 눈물에 잠기는 것이 아닐까 싶을 만큼 펑펑 울었다. 애써 지켜 온 프라이드가 한순간에 무너져 버리는 듯했다. 자존심 강하던 왕비는 보기 민망하리만치 비참하게 울어 댔다. 그러나 가면을 벗어던진 그 모습은 유타카의 마음에 스며들어 그의 감정까지 옭아매고 말았다.

토우코가 흘리는 눈물의 바다 속에서 두 사람은 하나가 되었다. 토우코는 울면서 오르가슴을 맞이하고, 유타카의 품 안에서 조용히 경련했다. 경련이 잦아들면서 착 가라진 토우코는 결심한 듯이 조그맣게 한숨을 흘리며 말했다.

"도쿄로 돌아가기로 했어."

별안간 어둠 속에서 튀어나온 예상하지 못했던 말에 유타카는 긴장했다.

30분이 넘도록 침묵이 이어졌다. 그동안 두 사람은 서로의 반응을 살피듯 잠자코 다음 순서를 기다렸다. 토우코는 유타카의 가슴에 귀를 댄 채 가만히 심장 소리를 듣고 있었다. 유타카는 어둠 속 거울에 비친 토우코의 희미한 옆얼굴을 훔쳐보았다.

이 순간, 유타카는 결코 기쁨의 목소리를 높여서는 안 되었다. 토우코의 결심이 뒤집힐 만한 안도의 표정을 보여서도 안 되었다. 그저 유화 속 자화상처럼 무표정하게 무언가를 응시해야 했다.

"크리스마스이브 전에 방콕을 떠날 거야."

토우코가 유타카의 안색을 살폈다. 유타카는 토우코를 응시하는 시선 끝 자락에 감정의 빛이 깃들지 않도록 주의했다.

"크리스마스에 당신은 결혼을 해."

토우코가 유타카의 입술에 자신의 입술을 가져가며 그렇게 중얼거렸다. 유타카는 마네킹처럼 꼼짝하지 않았다. 토우코의 숨결이 얼굴에 와 닿는다. 그녀의 코끝이 살갗 위를 미끄러진다.

"약혼자와 그 가족이 건너오고, 당신은 이곳 방콕에서 새로운 생활을 시작해야 해. 그러니까 내가 여기 있으면 곤란하겠지?"

유타카는 방구석으로 시선을 옮겼다. 토우코는 유타카의 아랫입술에 입맞춤하고, 같은 곳을 깨물었다. 입술이 잘려 나가는 게 아닐까 싶을 만큼 세게.

"당신의 행복을 망가뜨릴 권리는 내게 없어. 당신 약혼자의 미래를 짓밟을 권리도 내게는 없어. 나는 당신을 이용했고, 당신과 함께한 이곳에서의 추억은 아름다운 것들뿐이었어. 전남편에게 버림받고 절망의 구렁텅이에 빠져 있던 나를 한때나마 행복하게 만들어 준 당신에게 감사해. 그러니 난 이곳을 떠날 거야."

토우코는 다시 한 번 부드러운 입술을 유타카의 입술에 포갰다. 이번에는 너무나도 따스한, 녹아들 만큼 부드러운 최고의 키스였다. 깨물려서 얼얼한 아랫입술을 토우코의 입술이 빨아들였다가 놔 주었다. 유타카는 참았다. 자신에게 밀어닥치는 온갖 감정의 동요를 계속해서 참아 내야 했다.

"사랑했어."

토우코가 느닷없이 이렇게 말했다. 처음으로 입에 올리는 '사랑'이라는 말. 그러나 그것은 잔혹하게도 과거형이었다. 응시하고 있던 황금 침실의 어둠이 일그러지는 듯한 착각에 빠졌다. 왈칵 눈물이 솟고 말았다. 감정을 내보이면 안 된다고 생각했지만, 몸은 정직했고 마음은 더할 나위 없는 호청년이었다.

"사랑했어."

토우코는 흘러내리는 눈물에 입맞춤했다. 유타카도 토우코가 좋았다. 미츠코와 견줄 수는 없었지만, 토우코에게는 다른 누구와도 비교할 수 없는 신비한 매력이 있었다. 자꾸자꾸 끌려갈 수밖에 없도록 만드는 강한 인력, 그 점이 두렵기도 했다.

일순, 아직 길이 있지 않을까 하는 생각이 머릿속을 스쳤다. 그러나 마음속으로 도리질을 했다. 토우코에게 빠져드는 것은 일시적인 감상에 지나지 않는다고. 가치관이며 금전 감각이며 온갖 것이 자신과는 달라도 너무 달랐다. 토우코는 자신이 감당할 수 있는 여자가 아니었다. 평생 휘둘릴 것이 불 보듯 훤했다. 공들여 쌓아 온 인생이 하루아침에 물거품이 될지도 모르는 모험을 감행할 수는 없었다. 아무리 좋아해도, 아무리 사랑스러워도, 끝까지 함께할 수 없는 사람도 있다.

그래서 유타카는 눈물을 흘렸다. 자신에게 좀 더 파격적인 힘이 있었다면, 인생을 두려워하지 않는 무모함이 있었다면, 운명을 뒤집을 만큼 강한 정신력이 있었다면, 하는 마음에서 나오는 억울함의 눈물이기도 했다.

"사랑했어."

토우코의 속삭임은 계속되었다. 그러나 호청년은 이 시점에서도 결코 '사랑'이라는 말을 입 밖에 내지 않았다. 스스로 무너져

내리게 생겼으면서도 그 말을 참았다. 사랑한다고 말하고 싶었다. 사랑한다고 외치고 싶었다. 하지만 그 말을 입 밖에 내는 순간, 돌이킬 수 없는 상황이 벌어지고 말 것이다. 유타카는 괴로운 마음으로 망설이고 또 망설였다. 가만히 눈을 감고, 토우코의 망령이 저편으로 사라져 버리길 기다리는 수밖에 없었다.

오리엔탈 방콕에 여느 때와 다름없는 아침이 찾아왔다. 서머싯 몸 스위트의 베란다에 모여든 작은 새들이 목청을 겨루고, 그 지저귐에 유타카는 눈을 떴다. 품 안에 평소와 변함없는 토우코가 있다. 그러나 이 사랑스러운 풍경은 앞으로 일주일밖에 맛볼 수 없는 안타까운 풍경이기도 했다.

토우코가 벗어 놓은 옷가지들이 온 방 안에 어지럽게 흩어져 있었다. 유리창으로 비쳐 드는 아침 햇살 아래, 그것들은 마치 허물 벗은 뱀의 껍질처럼 보였다. 토우코는 자신의 모든 것을 벗어 던진 것이다.

유타카는 토우코와의 마지막 나날을 보내면서 다가오는 결혼식 준비에 쫓겨 식장이 될 아마린 호텔과 자신의 아파트와 오리엔탈 방콕을 분주히 오갔다.

토우코와의 관계는 변함없이 매일 밤 이어졌지만, 둘 사이에 오가는 말은 없었다. 그저 남은 시간, 서로의 향기를 기억 속에 담기 위해 필사적으로 상대의 체취를 맡는다는 느낌뿐이다.

"이제 진짜 얼마 안 남았네. 기다려져요."

미츠코가 수화기 너머에서 말했다. 그 순간에도 유타카는 토우코를 생각했다.

"나, 유타카 씨의 좋은 아내가 되기 위해 평생 노력할 거예요."

미츠코가 행복해하면 할수록, 그 뒤에서 홀로 고독한 미래를 바라보고 있을 토우코가 마음에 걸렸다.

"바쁠 텐데, 당신한테만 모든 준비를 맡겨서 미안해요. 그쪽에 가면 이것저것 많이 배워서 당신 뒷바라지할게요. 그러니 조금만 더 기운 내요."

미츠코가 기특한 말을 할수록, 그리고 그것이 유타카가 선택한 행복의 설계도에 부합하면 할수록 유타카의 마음은 무겁게 가라앉았다. 이제 와서 마음이 흔들린다면, 미츠코에게 뿐만 아니라 깨끗하게 물러나기로 결심한 토우코에게도 면목이 서지 않는 일이었다.

"식사는 매일 꼬박꼬박 챙겨 먹고 다녀요? 잠은 잘 자고요? 앞으로는 내가 확실하게 관리해 줄게요."

유타카는 깨달았다. 그동안 그려 온 행복이라는 평범한 천국에 안주할 자신감을 완전히 잃어버렸음을. 미츠코의 입에서 나오는 상냥한 말을 그토록 기다려 왔으면서, 지금은 파멸을 맞더라도 감정에 솔직한 삶을 살고 싶다는 생각이 그의 마음을 파고들었다.

"무슨 일 있어요?"

미츠코가 아무 말 없는 유타카를 염려하며 물었다.

"아니, 좀 피곤해서 그래. 염려 안 해도 돼요."

미츠코는 순순히 그 말을 믿었다.

"사랑한다는 말을 아끼고 싶다고, 전에 유타카 씨가 했던 말, 최근 내 나름대로 생각해 봤어요."

유타카는 갑자기 귓속에 열감을 느꼈다. 아픔을 동반한 열이었다.

"그런 말을 했었나?"

"했어요. 사랑한다는 말을 해 달라고 내가 졸랐을 때, 유타카 씨는 쉽게 하고 싶지 않다고 했어요. 가장 좋은 타이밍에 할 거라고 했어요. 나, 처음에는 불안했지만, 지금은 당신의 성실함이 충분히 이해돼요. 바다 건너 방콕에 도착했을 때, 유타카 씨의 입에서 나올 그 말을 확실하게 들을 수 있는 행복을 기대하고 있어요."

유타카는 미츠코 몰래 한숨을 흘렸다. 눈앞이 흐릿해지면서 온갖 피로가 그의 신경을 뿌옇게 뒤덮었다. 무엇이 행복인지 종잡을 수 없었다. 토우코를 잃고 난 후 생길 빈자리를 상상하고는 마냥 허둥댈 뿐이었다.

미츠코 일행의 도착을 하루 앞둔 크리스마스이브 전날. 유타카는 오리엔탈 방콕 리버사이드 테라스의 차오프라야 강 가장 가까운 자리에 토우코와 마주 앉아, 강 건너로 저무는 저녁 해를 바라보며 식전주를 마시고 있었다. 커다랗고 새빨간 태양이 마치 살아 있는 생물체처럼 흔들렸다. 뜨뜻미지근한 바람이 유타카의 뺨을 스치고 지나갔다.

이제 와서 제아무리 마음이 흔들린들 무슨 소용 있으랴. 더욱이 그 마음을 토우코에게 들켜서는 안 된다. 마지막까지 단단히 마음먹고, 가차 없이 이별해야 한다.

주문한 요리가 나올 무렵이 되자 태양도 완전히 기울고, 우주와 하늘이 서로 녹아들기 시작했다. 성질 급한 별들이 여기저기서 반짝이기 시작했다.

"처음으로 누군가를 좋아하게 된 것은 초등학생 무렵이었어. 친구 오빠였는데, 나이에 비해 조숙했던 나는 중학생이던 그 오빠한테 빠져 죽자 살자 쫓아다녔지."

토우코는 요리에는 손도 대지 않고, 강을 바라보며 혼잣말하듯 중얼거렸다.

"첫 키스는 중학교 1학년 무렵. 좋고 말고 할 것도 없었어. 그저, 키스해 보지 않겠냐는 선배의 꼬임에 호기심이 생겼을 뿐. 첫 섹스도 그런 느낌이랄까. 고등학생 때. 상대는 가정교사 대학생. 1년 교제했는데, 그 사람과의 섹스는 최악이었어. 하지만 아직 세상을 모르던 때라 막연히 이런 거겠지 생각했어. 그러다 진심으로 누군가를 좋아하게 된 것은 대학 1학년 때. 열두 살 차이 나는 소설가였어. 연애소설만 쓰면서도 실제 연애에는 서툰 사람이었지. 대학 창작과 선생이었고, 나는 그의 제자였어. 다가서면 다가설수록 달아나는 사람이었지. 여기저기 애인이 있는 것은 알고 있었지만, 그 사람 곁을 떠날 수가 없었어. 한번은 그 사람을 내 것으로 만들려고 계획한 적이, 그러니까 죽여 버릴 생각을 했는데, 곤히 잠든 얼굴을 보고 있는 동안 마음을 접고 말았지. 그 사람을 너무 의지한 나머지 그 사람 없인 아무것도 할 수 없게 되고 만 거야. 내게는 신과 같은 존재였어. 그런 소녀 같은 시기도 다 있었네. 이미 먼 옛날 일이지만."

유타카는 토우코의 느닷없는 고백에 내심 당황하면서도 조용히 귀를 기울였다.

"도쿄에 돌아가면 그 사람을 찾아가 볼까 생각 중이야. 지금은 40대 중반이 돼 있겠지. 어떻게 생각해?"

유타카는 말문이 막혔다. 속으로는 질투를 느끼면서도 안 된다는 말이 나오지 않았다. 대답을 못하는 유타카를 보며 토우코가 미소 지었다.

"그 사람이라면 틀림없이 나를 위로해 줄 거야. 너덜너덜해진 나를 감싸 안아 줄 거야. 지금의 나를 이해하고, 또 만족시켜 줄 사람은 그이뿐. 그는 아마 오랜만이구나, 하는 말 외에 다른 말 없이, 다시 옛날처럼 친절하게 나를 귀여워해 줄 거야. 나를 한 여자로 돌아가게 해 줄 거야."

토우코의 눈동자가 유타카를 응시했다.

"임시 피난처로는 제격이겠지?"

토우코는 마음의 끈을 놓아 버린 듯 피곤에 지칠 대로 지친 얼굴을 하고 있었다. 그녀는 이미 웃고 있지 않았다.

"전남편도 그 선생님과 닮은 구석이 있었지. 어째서 그런 남자들만 좋아하게 되나 몰라. 부평초 같은 사람들만. 물론 좋은 남자야. 좋은 냄새가 나지, 모두. 하지만 절대 내 것이 되지 않는 사람들이었어. 아니, 누구의 것도 되지 않는 사람들. 그런 남자들한테만 빠지고 말아."

토우코는 무표정하게 말을 잇고 있었다. 유타카는 일찌감치 감정과의 연을 끊은 채 듣고 있다.

"당신은 그 사람들과는 정반대의 남자였어. 하지만 당신한테서도 그들 못지않은 페로몬이 나와. 그걸 알아차리지 못한 건 어디까지나 내 실수였어. 설마 이렇게까지 좋아하게 될 줄은 생각

못했어. 당신은 너무나 사랑스러워. 처음이야. 연하의 남자를 좋아하게 되다니. 난 내가 줄곧 파더 콤플렉스를 갖고 있다고 믿었으니까. 연하의 풋내기, 게다가 호청년풍의 남자한테는 절대 끌리지 않을 거라 생각했어. 그래서 당신을 타깃으로 삼은 거야. 그런데 대체 이게 무슨 일인지……. 너무 속상해. 정말이지, 말도 안 되는 계산 착오였어. 전남편에게 질투심을 불러일으키고 싶었을 뿐이었는데, 이렇게 되다니. 최악이야."

그때 종업원이 주문하지 않은 레드 와인을 들고 와서는 미소 띤 얼굴로 말했다.

"미시즈 마나카, 이건 총지배인님이 두 분께 드리는 겁니다."

종업원이 돌아보는 쪽을 보자, 오리엔탈 방콕의 젊은 독일인 지배인이 두 사람을 향해 가볍게 인사했다. 언제 봐도 공손하고 신사다운 인물이었다.

"저희 스태프 일동, 미시즈 마나카 님이 도쿄로 돌아가시게 된 것을 매우 섭섭하게 여기고 있습니다. 언제 봐도 화려하고 아름다운 자태로 우아하게 관내를 거니시던 모습은 저희들에게도 마음의 휴식이 되었습니다. 모쪼록 일본에 돌아가시더라도 저희를 잊지 말아 주십시오. 모시고 생활할 수 있었던 지난 몇 년간의 멋진 기억에 힘입어 저희도 하루하루 정진할 것입니다. 다시 뵐 날을 기대하겠습니다."

종업원이 유창한 영어로 그렇게 말하자, 토우코의 눈에 눈물이 고였다. 그녀는 눈두덩을 손끝으로 살짝 누르며 강 건너편을 바라보았다. 종업원이 글라스에 레드 와인을 따르고 가볍게 인사한 후, 조용히 물러났다.

"기억해? 처음 만났을 무렵 당신이 내게 한 질문."

유타카의 두 눈은 토우코의 뺨을 타고 흐르는 눈물방울을 좇았다.

"죽음을 앞둔 순간, 사랑한 기억을 떠올릴 것인지, 아니면 사랑받은 기억을 떠올릴 것인지 내게 물었잖아."

미츠코의 시 구절이다. 유타카는 고개를 끄덕였다.

"그때 한 대답 취소할게. 나, 틀림없이 사랑한 기억을 떠올릴 거야."

유타카의 눈에도 눈물이 고였다.

"아무래도 사랑한 기억밖에 떠오르지 않을 것 같아. 사랑받는 것보다 사랑하는 쪽이 소중하다는 것을 깨닫게 됐어. 그것을 당신이, 아니 네가 내게 가르쳐 줬어."

어기찬 토우코가 흘리는 눈물을 유타카는 기억 속에 꼭꼭 담아 두려 했다. 그 슬프도록 아름다운 눈물을 영원히 간직한 채 살아가겠노라 다짐했다.

차오프라야 강은 쉬지 않고 유유히 두 사람의 눈앞을 흘러갔다.

이곳에 있는 모든 사람이 죽고 없어도, 저 위대한 흐름이 사라지는 일은 없을 테지. 강의 흐름은 그야말로 시간의 흐름 자체였다. 유타카는 멍하니 생각에 잠겼다. 우리 두 사람, 언젠가, 몇 십 년쯤 지난 후에, 마음속 응어리 하나 없이 이 웅대한 강의 흐름을 함께 바라볼 수 있을까.

제9장

 첫인상은 이미 기억에 없다.

 황금 침실 문 안쪽에 의상 케이스만 한 크기의 루이뷔통 트렁크가 다섯 개 늘어서 있다. 그것들은 토우코가 이곳 방콕에서 지낸 생활의 전부라 해도 과언이 아니다. 차분한 디자인의 루이뷔통 트렁크는 흡사 충실한 경비견처럼 그녀의 출발을 기다리고 있었다.

 토우코는 욕실에서 좀처럼 나올 줄을 몰랐다. 히가시가이토 유타카는 그녀가 채비를 마치길 조용히 기다리면서, 지난 넉 달간 사랑을 피워 낸 황금 침실을 구석구석 찬찬히 둘러보았다.

 왕후가 사용했음 직한 캐노피 딸린 침대가 침실 한가운데에 놓여 있었다. 짙은 체리 색 나무껍질이 이 화려한 방 안에서 유일하게 차분하면서도 세련된 분위기를 연출했다. 날개처럼 나풀나풀한 프릴 달린 화려한 침대 커버가 지난밤 마지막 향연의 흔적을 감추고 있었다.

 일찍이 이 방을 사랑했던 서머싯 몸은 오랫동안 이곳에 머물면서 이 거리를 모티브로 한 작품의 창작과 구상에 몰두했다. 몸이 낮잠을 즐긴 베드, 몸이 앉았던 소파, 몸이 피곤을 달래던 욕조, 몸이 집필하던 책상. 유타카는 지금까지와는 다른 시선으로 실내를 둘러보며, 자신들 역시 다른 곳에서는 결코 자아낼 수 없었을 사랑을 이곳에서 키웠다는 사실을 떠올렸다.

　이곳은 별세계였다. 방콕에 있으면서도 방콕이 아니었다. 세상 어느 곳과도 다른, 두 사람만의 우주, 세상으로부터 차단된 사랑의 모형 정원이었다.

　천장까지 닿을 듯한 길쭉한 유리창을 열고 바깥으로 시선을 옮겼다. 야자수가 마침맞게 태양을 가리고, 잔디가 가득 깔린 안마당은 나뭇잎 사이로 비치는 햇살로 인해 시원스런 분위기를 자아내고 있었다. 체구가 고만고만한 종업원들이 잔디를 손질하는 중이었다. 그중 한 사람이 이쪽을 알아보고 일어나서는 가슴 앞에 손을 모아 인사하는, 너무도 우아한 태국식 인사와 미소를 보내왔다. 이 호텔 종업원들의 예의 바른 모습에는 늘 마음이 따뜻해진다. 그 모습을 흉내 내어 유타카도 가슴께에 손을 모으고 인사했다. 자연스레 입가에 미소가 번졌다.

　야자수 사이로 차오프라야 강의 웅대한 흐름이 보인다. 아시아 강 특유의, 석탄을 많이 함유한 진녹색의 강은 남성적이면서도 종교적인 향이 짙었다. 그 너머로 펼쳐진, 융기도 요철도 없이 평평한 태국의 대지는, 흡사 어머니와도 같은 부드러움과 늠름함을 간직한 채 연연히 이어져 있었다.

눈앞에 펼쳐진 이 풍경을 이제 한동안 볼 수 없을 테지. 유타카는 생각했다. 서머싯 몸 스위트에서 바라다보이는 이 절경을 어쩌면 두 번 다시 볼 수 없을지도 모른다.

방콕발 도쿄행 비행기는 저녁 무렵에 이륙할 예정이고, 그로부터 세 시간 후, 미츠코와 가족을 태운 비행기가 방콕에 내려서기로 되어 있었다.

불과 세 시간 사이에 유타카는 인생을 180도 전환시켜야 한다. 과연 얼마 안 되는 그 시간 동안 자신의 마음을 전부 갈아엎을 수 있을까. 미츠코에게 토우코라 부르지 않을 자신도 없었다.

토우코가 욕실에서 나왔다. 30분이 넘도록 화장에 시간을 들이는 여자는 아니었다. 눈이 충혈된 것으로 보아 숨어서 울고 있었던 게 분명했다. 토우코는 유 사실을 들킨세리 고개를 숙인 채 유타카를 지나쳐 가더니 가방 속에서 큼직한 선글라스를 꺼내 썼다. 유타카가 알고 지낸 여성들은 언제나 약한 면을 보이고 싶어 했다. 어리광 부리는 것이 사랑받는 길이라 믿는 사람도 많았다. 그런 여성이 기대어 올 때마다, 남자와 여자 사이에 존재하는 고리타분한 기준에 유타카는 진저리 쳤다. 하지만 토우코는 결코 자신의 약한 면을 보이려 하지 않는 사람이었다. 애당초 그러한 생활 방식이 불가능한 사람일 테지.

"출발할까?"

토우코는 그 말에 이어 실내를 한 바퀴 둘러보았다. 그리고 무언가를 결심한 듯이 조그맣게 한숨을 쉬고 나서 가슴을 펴고 앞장서 방을 나갔다. 그러한 깔끔함이 그녀를 평생 고독하게 만들어 온 요인이라는 것을 전혀 깨닫지 못하는 듯 당당한 퇴출이다. 유타카는 다시 한 번 실내를 둘러보았다. 이곳에도, 저곳에도, 눈길 닿는 모든 곳에 토우코의 잔상이 어렸다. 유타카는 그것들을 어렵사리 뿌리치고 서머싯 몸 스위트를 뒤로했다.

로비에서는 많은 스태프가 그녀를 기다리고 있었다. 그녀가 체크아웃 수속을 마치는 동안, 유타카는 로비 라운지의 등나무 소파에 앉아 스위밍풀이 있는 안마당 쪽을 바라보고 있었다. 토우코가 체크아웃을 마치고 총지배인과 마지막 인사를 나누는 동안 포터들이 그녀의 트렁크 다섯 개를 내왔다. 유타카는 시선을 옮겨 회전문을 통과하는 경비견들의 모습을 지켜보았다.

토우코가 모든 수속을 마치고 돌아오자 유타카는 자리에서 일어나 그녀에게 다가갔다. 스태프들의 전송을 받으며 두 사람은 회전문을 통과했다. 석 대의 벤츠 리무진이 대기 중이었다. 뒤쪽의 두 대는 화물용이다. 도어맨이 열어 준 문 안으로 그녀에 이어 유타카가 올라탔다.

"미시즈 마나카, 사요나라."

도어맨이 서툰 일본어로 인사했다. 유타카는 주머니 속에서

잔돈을 꺼내 그에게 살짝 건넸다. 사요나라. 태국인이 발음한 그 말이 두 사람의 귀에 남아 떠나지 않았다. 차가 출발한 후에도 줄곧 '사요나라'라는 울림이 귓속을 달구었다.

두 사람은 돈무앙 공항까지 가는 동안 거의 입을 열지 않았다. 유타카와 토우코는 각자 창밖을 응시했다. 방콕의 낯익은 풍경이 평소와는 다른 느낌으로 다가왔다. 시끌벅적한 소리도 들리지 않았다. 여느 때처럼 활기차고 떠들썩한 방콕이 아니었다. 나뭇잎을 통과한 빛이 집집의 처마 밑에 양달을 만들었고, 그 밑에 사람들이 앉아 흘러가는 하루를 멍하니 관찰하고 있다. 두 사람이 품은 시간과는 또 다른 시간이 길 위에 넘실거렸다.

"안녕."

실롬 거리에서 공항으로 향하는 큰길로 접어들었을 때, 토우코가 불쑥 말을 꺼냈다. 그 말은 이곳 방콕과 유타카를 향한 작별 인사였다. 유타카가 돌아보았다. 시트에 놓인 그녀의 희고 가는 손끝을 어루만지며 유타카는 자신이 저지른 몇 가지 죄를 참회했다. 토우코가 선글라스를 벗고 돌아보며 아이를 꾸짖듯 엄한 시선으로 노려보았다. 새삼 이런 따스함을 남기지 말아요, 라고 말하는 듯한 매서운 눈빛이었다.

두 사람은 오랫동안 서로를 바라보았다. 붙들어 앉히려는 것은 아니었다. 기억에 담아 두기 위해서였다. 이 소중한 순간을,

그리고 두 번 다시 만나지 못할 상대를 기억 속에 가둬 두기 위함이었다. 유타카는 생각했다. 나도, 사랑한 기억을 떠올릴 거야.

가여워서, 너무나 가여워서, 유타카는 미칠 것만 같았다. 숨쉬기조차 힘들 만큼 괴로운 감정이 온몸을 뒤흔들었다. 유타카는 처음 아파트에 찾아왔을 때의 토우코의 모습과 얼굴을 떠올렸다. 처음으로 키스를 나누었을 때의 입술의 온기, 처음으로 사랑을 나누었을 때의 부드럽고 탄력 있는 그녀의 피부를 떠올렸다. 토우코의 눈동자 속에 두 사람의 사랑한 세월이 있었다. 사랑이란 말을 거의 입 밖에 낸 적 없는 사랑이기도 했다. "사랑했어." 처음으로 딱 한 번, 그 말을 들었던 날 밤을 떠올렸다. 모든 것이 이제는 과거형이 되려 하고 있다.

호청년을 벗어던지고 토우코의 사랑에 흠뻑 젖고 싶은 충동이 그를 격렬하게 뒤흔들었다. 목구멍까지 치밀어 오른 '사랑' 이라는 말을 꾸역꾸역 삼켜야 한다는 것은 죽음보다 더한 고통이었다.

"앞으로 두 번 다시 못 만나겠지."

토우코가 혼잣말하듯 중얼거렸다. 유타카는 대답하고 싶었지만 끝내 적당한 말을 찾지 못했다.

"이제 평생 못 만날 거야."

그녀가 다시 한 번 말했다. 만나고 싶다고, 유타카는 마음속으로 외쳤다. 살아 있는 동안, 언젠가 꼭 다시 만나고 싶다고. 그러나 그 말 대신 그가 할 수 있었던 것은 그저 눈물을 흘리는 것뿐이었다. 하염없이 흐르는 눈물. 그는 마침내 호청년을 벗어던지고 흘러넘치는 눈물 속에 잠기고 말았다. 운전기사에게 들킬세라 안간힘을 다해 마음을 억눌러 보지만, 억누르면 억누를수록 감정은 걷잡을 수 없이 흐트러졌다. 그리고 급기야 어린아이처럼 소리 내어 울고 말았다.

눈물이 앞을 가려 토우코가 보이지 않았다. 그 대신 추억 속에 생생히 남은 토우코가 나타났다가 기억과 현실의 좁은 틈으로 사라졌다. 토우코는 눈물을 참고 있었다. 핸드백에서 손수건을 꺼내, 마치 큰누나처럼 상냥하게 유타카의 뺨을 닦아 주었다. 울지 말라고 말해 주었다.

"나쁜 사람. 막판에 그런 얼굴을 하다니. 내가 얼마나 애쓰고 있는지 몰라서 그러는 거야?"

토우코의 목소리가 유타카의 뒷머리를 잡아당겼다. 이토록 좋아하는 사람과 헤어져야만 하는 자신의 인생을 저주했다. 이다지도 슬픈 이별을 해야 하는 자신의 미적지근한 성격을 증오했다. 그러나 호청년은 결코 그 말을 입 밖에 내지 않았다.

리무진이 돈무앙 공항에 도착하고부터 시간은 한층 냉혹하게 움직였다. 온 세상이 빛을 잃고 깊은 구덩이 속으로 매몰되어 가는 듯한 감각, 동시에 잿빛 기운이 주위를 에워싸는 듯한 착각에 빠졌다.

토우코가 출발 게이트로 들어가기 전, 마지막이자 유일한 소원을 말해도 되겠냐고 물었다. 유타카는 가볍게 고개를 끄덕였다.

"키스해 줘."

수많은 관광객들 한가운데서 두 사람은 부둥켜안은 채 오랫동안 키스를 나누었다. 유타카는 스스로 망가져 버리는 것이 아닐까 싶을 만큼 깊은 슬픔 속에 잠겨 있었다. 토우코가 끝내 참았던 눈물을 보이고야 말았다. 그 아름다운 눈물을 기억하고자 유타카는 눈 한 번 깜박이지 않았다.

유타카는 토우코를 힘껏 끌어안았다. 토우코도 있는 힘껏 그를 안았다. 얼마 동안 그러고 있었는지 알 수 없었다. 시간이, 아무리 키스를 하고 또 해도 부족할 만큼 짧게 느껴졌다.

이윽고 유타카에게서 몸을 뗀 토우코는, 뒤 한 번 돌아보지 않고 당당히 걸어 곧장 출국 게이트 안으로 들어가 버렸다.

유타카는 무슨 일이 일어났는지 모르는 사람처럼 한동안 그녀가 사라진 방향을 멍하니 바라보며 서 있었다. 두 번 다시 토우코를 볼 수 없을 거라는 데 생각이 미치자 갑자기 마음속에 구멍이 뻥 뚫린 것 같은 기분이 들었다. 가슴 주변이 답답해지면서 숨쉬기가 힘들어졌다. 그러나 뒤쫓아 갈 수도, 매달릴 수도 없었다. 이제 곧 미츠코 일행이 행복을 꿈꾸며 찾아오기로 되어 있다.

"토우코."

저도 모르게 목소리가 나왔다. 유타카는 게이트 쪽을 향해 힘껏 소리쳤다.

"토우코!"

그러나 돌아올 그녀가 아니다. 예상했던 일이지만, 그녀는 돌아오지 않았다. 유타카는 현기증으로 쓰러질 지경이면서도 그럭저럭 자신을 추스르며 천천히 그 자리에 주저앉았다.

그렇게 한참 동안 출발 게이트 앞에서 망연자실해 있었다. 공항 경비원이 다가와 괜찮습니까, 어디가 안 좋으세요, 하며 등을 쓰다듬어 주었다. 괜찮다고 영어로 대답하며 일어나려 했으나 하반신에 힘이 들어가지 않아 중심을 잃고 비틀거렸다.

겨우겨우 도착 로비까지 걸어가, 뻥 뚫린 가슴을 안고 미츠코 일행이 도착하길 기다렸다. 토우코가 사라진 지 세 시간쯤 지나 활기찬 모습의 미츠코가 등장했을 때, 히가시가이토 유타카는 얼빠진 사람이 되어 있었다.

귀여운 꽃무늬 원피스를 입고 나타난 미츠코는 유타카를 보자마자 한달음에 달려와 그의 품으로 뛰어들었다.

"보고 싶었어."

유타카는 절도 있는 목소리로 조그맣게 말했다.

곧이어 미츠코의 부모님과 함께 유타카의 부모님이 모습을 드러냈다. 친지와 미츠코 친구들의 모습도 보였다. 유타카는 다시금 호청년을 일으켜 세워야 했다. 토우코의 희생을 헛되이 할 수 없었다. 미츠코의 인내도 무시할 수 없었다. 이 자리에서 당장 진정한 호청년이 되어야 했다. 마음을 고쳐먹고, 일행을 방콕 시내로 인솔해야만 했다.

그날 밤. 저녁 식사를 마친 후, 유타카는 아마린 호텔 스위트룸에서 미츠코와 단둘만의 시간을 갖게 되었다. 유타카는 미츠코의 시선에서 도망치고 싶었다. 자꾸 토우코를 떠올리게 된다. 지금쯤 어디서 무엇을 하고 있는지……

"유타카 씨."

미츠코가 유타카를 불렀다. 유타카는 각오해야 했다. 끌어안고 입맞춤을 나누었다. 유타카의 머릿속에는 어젯밤까지 이어졌던 황금 침실에서의 토우코와의 밀회가 되살아나면서 농염하게 다가왔다.

미츠코가 유타카의 육체에 매달렸다. 기다리는 그녀의 심정을 모르는 바 아니지만 도저히 마음이 움직이지 않았다.

"당신 마음 알아요."

미츠코가 미소를 띤 채 말했다.

그래, 하고 유타카는 그녀의 얼굴을 들여다보았다.

"당신은 언제나 분별력 있고, 침착하고, 어른스럽고, 사려 깊어요. 언제나 신사적이고 신용할 수 있어요. 강압적이지 않고, 점잖고 친절해요."

"그런가? 하지만 그거 큰 오해 같은데……. 그래도 기분은 좋네. 고마워요."

유타카는 어름적거려 그 자리를 넘기는 수밖에 없었다.

"그렇다니까요. 사랑한다는 말을 너무나 소중하게 여기는 당신에게 무척 감사하고, 그런 당신을 존경해요."

유타카는 아무 대답도 할 수 없었다. 유타카를 빤히 바라보는 미츠코의 마음이 가슴에 와 닿았다. 그녀는 떨어져 있는 동안, 유타카만을 믿고 살아온 것이다. 자기 좋을 대로 일희일우했던 것과는 사정이 다르다. 그녀 역시 힘겨운 나날을 헤쳐 왔다.

"우리 둘이, 죽 함께하는 거예요. 이제부터 난 당신만 바라보며 살 거야."

미츠코가 키스를 졸랐다. 토우코의 작지만 섹시하고 탄력 있는 육체와 달리, 미츠코는 마르고 키도 컸다. 화려하진 않아도, 무척 기품 있는 자태를 지니고 있었다. 사리분별이 확실하고 잘 자란 티가 났다. 유타카의 부모님은 물론 친지들까지도 그녀를 처음 본 순간, 유타카의 신붓감으로 손색없다고 인정했을 정도다.

"왜 그래요?"

미츠코가 아무 말 없는 유타카의 안색을 살피며 물었다.

"아무것도 아니야."

"그렇다면 다행이지만, 어쩐지 기운이 하나도 없어 보이네. 어디 몸이라도 안 좋은 것 아니에요?"

유타카는 다시 한 번, 이번에는 조금 전보다는 다소 강제성을 띤 입맞춤을 했다.

"무슨 일 있었어요?"

입술을 뗀 미츠코가 갑자기 미심쩍어 하는 표정으로 물었다.

"일은 무슨. 아무 일 없어."

"그래요? 내가 없는 동안 여기서 뭔가 각별한 일이라도 생겼나 싶었어요."

"아무리."

"하지만 그렇더라도 이상할 건 없죠. 곁에 있어 주지 못한 내 잘못이니까. 설령 당신한테 무슨 일이 생겼대도 당신을 탓할 수 없어요. 당신을 강하게 끌어당기지 못한 내 잘못이니까."

"무슨 말도 안 되는 소리! 난 매일 당신만 생각하면서 오늘을……."

미츠코는 말하다 말고 입을 다문 유타카를 지그시 바라보았다.

"오늘을?"

"그래, 오늘. 크리스마스이브를 줄곧 기다려 왔어."

미츠코의 얼굴에 미소가 돌아왔다.

"으응, 고마워요. 사랑해요."

"……나도."

유타카는 한 박자 늦게 중얼거렸다. 미츠코가 품에 안기자 유타카도 가녀린 그녀의 몸을 끌어안았다. 되돌아갈 수 없어. 유타카는 스스로를 타일렀다. 이제 와서 마음 약해지면 안 돼. 난 미츠코만을 사랑하며 살아가야 해.

"사랑해."

유타카는 자신을 고무시키기 위해 이렇게 말했다.

"나도 사랑해요. 사랑하고 있어요. 매일 밤, 매일 밤, 당신 생각에 잠이 들고 당신을 그리며 하루하루를 보냈어요. 앞으로 다가올 미래만을 꿈꾸며 살았어요."

유타카는 미츠코를 침대 위에 부드럽게 누이고 목덜미에 입을 맞췄다. 토우코에 대한 미련을 떨쳐 버리기 위해서라도 오늘 밤 미츠코와 사랑을 나눌 수밖에 없었다. 미츠코를 끌어당겼다.

"잠깐만요."

미츠코가 막았다.

"잠시만 기다려 줘요. 아직 준비가 덜 됐어요."

유타카의 품에서 스르륵 빠져나와 욕실 쪽으로 달려간 미츠코가 수줍게 웃으며 문 뒤로 숨는다.

"조금만 기다려요. 곧 준비하고 나올 테니."

말을 마치자마자 욕실로 들어가 문을 잠가 버렸다.

유타카는 한숨을 내쉬었다. 행복해야 마땅한데도 유타카는 도무지 행복을 실감할 수 없었다. 감은 눈꺼풀 뒤에는 여전히 생생하기만 한 토우코의 존재가 있었다. 몸 구석구석에 토우코의 감촉이 배어 있었다. 토우코의 목소리가 귓가에서 떠나질 않는다.

유타카는 일어나 시계를 한 번 보고 나서 창가로 걸어갔다. 커튼을 젖히고 방콕의 야경을 내려다보았다. 서머싯 폼 스위트에서 보던 풍경과는 사뭇 달랐다. 다닥다닥 붙어 있는 집들의 불빛이 지평선 끝까지 펼쳐져 있다. 아직 오리엔탈 방콕에 그녀가 있을 것만 같았다.

"토우코."

저도 모르게 말이 새어 나오고, 아차 하는 마음에 황망히 입을 막는다. 토우코, 토우코, 토우코. 나도, 사랑했던 기억을 떠올릴 거야.

유타카는 밤하늘을 올려다보았다. 유리창에 손을 대고, 그 위에 뺨을 기대며 생각했다. 느닷없이 나타나 인생을 헤집고 가 버린 여자. 그러나 한평생 절대 잊을 수 없는 사람. 유타카는 후회라는 말을 발명한 인간을 저주했다. 후회 없는 인생은 없는 법이라고 스스로를 애써 달랬다.

 욕실 문이 열렸다. 유타카는 유리창에 비치는 미츠코를 바라보았다. 미츠코가 유타카 쪽을 향해 천천히 조심스럽게 다가왔다. 안녕. 유타카는 마음속으로 다시 한 번 토우코에게 작별을 고했다.

제 2 부
안녕, 언젠가

제1장

조금 전부터 둘째 아들 츠요시의 대학 입시에 대해 미츠코가 하는 이야기를, 유타카는 아침을 먹으며 듣고 있었다. 미츠코는 행사 때 유타카가 입을 여름용 연미복을 트렁크 속에 꼼꼼히 챙겨 넣는 중이었다. 동그스름한 미츠코의 뒷모습에 유타카의 시선이 머물렀다. 그곳에 도쿄의 1월의 빛이 조용히 내려앉아, 마치 양모 스웨터를 두른 듯이 그녀의 윤곽을 부드럽게 부각시켰다.

"외국어는 나무랄 데 없는데, 일본어가 영 달려요. 이러다 지망하는 대학에 떨어지기라도 하면 그 책임이 우리한테 있는 거 잖아요."

"어째서?"

유타카가 중얼거리듯 물었다.

"책임이란 말은 좀 거창하지만, 그래도 이 나라 저 나라 끌고 다닌 건 사실이고."

"그렇군."

물론 동감하고 대답한 것은 아니었다. 미츠코는 무슨 일이든 마음을 지나치게 끓이는 경향이 있다. 특히 두 아들에 관한 일이라면 더더욱.

차남의 대학 입시는 내후년이었다. 벌써부터 그렇게 걱정할 필요 없다고 말하려다 유타카는 입을 다물었다. 섣불리 그녀의 심기를 거슬러 좋을 게 없다. 회사 일에만 매달린 채 아이들 일은 죄다 떠넘겨 버린 것에 대해 잔소리 듣기 십상이었다.

마시던 커피를 조금 엎지르고 말았다. 유타카는 여느 때 없이 안절부절못했다. 들뜨는 마음을 주체할 길이 없다. 어젯밤에도 통 잠을 이루지 못했다. 잠들려고 하면 어느새 기억이 그를 뒤흔들었다.

남국의 태양과, 정열적으로 빛나던 눈동자를 떠올리고 만다. 이미 오랫동안 봉인해 둔 채 완전히 잊은 줄로만 알았던 기억들. 그것들이 마치 사진처럼 선명하게 상을 맺으며 떠올랐다.

아침에 눈을 뜬 후에도 머릿속엔 온통 그 기억들뿐이었다.

"자, 또 잊은 물건 없나?"

미츠코가 일어나 실내를 둘러본다. 그녀는 그야말로 완벽하다는 말이 딱 어울리는 좋은 아내이다. 유타카는 결혼 이후 신변 일을 제 손으로 해 본 적이 거의 없다. 집안일을 비롯하여 아이들 교육이니 생활 전반에 관한 온갖 일들을 미츠코 혼자 도맡아 왔다. 결혼할 때 그녀가 맹세한 좋은 아내가 되겠다는 말은 그대로 실행되었다. 미츠코는 구세대 일본인에게는 그야말로 이상적인 현모양첫감이었다. 그렇다고 유타카가 강요한 것은 결코 아니었다. 미츠코에게는 원래부터 그런 자질이 있었다. 그림으로 그려낸 것처럼 훌륭한 어머니이자 완성된 아내였다.

유럽에서 지내던 무렵, 가끔 기분 상하는 소리를 들었다. 미츠코 같은 일본 여성과 결혼하면 따로 하우스 키퍼를 고용하지 않아도 되겠다고 하던 말. 그러나 그러한 비아냥거림에 대해서조차 미츠코는 화를 내는 법이 없었다. 그리고 결국에는 페미니즘이 깊게 뿌리내린 국가의 여성들에게조차 훌륭한 어머니로 대우받게 되었다. 일본적인 미덕으로서가 아니라 한 인간으로서, 어머니로서, 아내로서, 훌륭한 사람이란 소리를 듣게 된 것이다.

타고난 노력파에 인정 많고, 무엇보다 상냥한 그녀는 어느 나라에서든 자연스럽게 인기인이 되었다. 공인 받은 다도와 꽃꽂이를 가르친 덕분에 팬까지 생겼다. 외국인들에게 사랑받는 그녀의 모습은 유타카나 아이들로서도 자랑스럽기 그지없었다.

그렇기 때문에 유타카는 바람만은 절대 피우지 않겠다는 맹세 아래 지금껏 살아왔다. 사소한 바람으로 미츠코에게 슬픔을 안겨 주고 싶지 않았다. 부모가 되고 나서부터 호청년이라는 간판도 완전히 반납했다. 이제는 아무도 그를 호청년이라 부르지 않는다.

"자, 이제 다 됐다."

미츠코가 트렁크를 닫았다. 유타카는 미츠코에게 다가가 트렁크 세우는 일을 거들었다.

"방콕, 나도 가고 싶었는데. 다케시의 연주회만 없으면 갈 수 있을 텐데."

"다케시는 어디서 하는데?"

"시부야에 있는 클럽이래요."

"요새 음악은 통 모르겠어. 어디가 좋다는 건지."

"하지만 즐거워 보이니까."

"본격적으로 나서겠다는 소리만 안 하면 좋으련만."

"그건 무리지 싶어요. 이미 그럴 생각인 모양이니까."

"그 녀석, 취직은 어쩔 작정인지."

"레코드 회사에서 제의가 들어왔다고 하잖아요. 그 일의 여부를 보고 나서 생각해요, 우리."

"평생 그런 일을 하면서 제대로 살 수 있겠냐고."

"왜요, 그거야 모르죠. 일단은 시켜 보고 싶어요. 그 애의 가능성을 찾아 주고 싶지 않아요?"

교육열 높은 미츠코다운 의견이었다. 유타카는 말끄러미 그녀의 눈동자 속을 들여다보았다. 다케시도 츠요시도 모두 순수하고 착한 아이들이었다. 부모로서 끌어 주고 싶은 마음이 앞섰다. 그러나 미츠코는 끌어 주는 것이 아니라, 그 아이들을 믿어 주고 싶다는 말이었다.

"애들을 믿어?"

"그럼요. 당신의 자녀를 믿으세요, 라는 광고도 있었잖아요, 왜."

미츠코가 웃었다. 유타카도 따라서 미소 지었다.

"방콕이라……. 25년 만이네요. 태국 일본인회 사람들은 모두 잘 지내시나 모르겠네. 신세 진 다키자와 나에 씨는 정말 어떻게 지내시는지. 나를 딸처럼 아껴 주셨는데. 독일에 있을 때만 해도 연하장을 받았는데, 그 후 소식이 뚝 끊기는 바람에. 이제 연세도 꽤 되셨을 텐데 걱정도 되고, 시간 되면 한번 찾아뵙고 와요."

유타카의 머릿속에 그리운 거리와 사람들의 얼굴이 떠올랐다. 그리고 그 사람의 얼굴도…….

"그 거리도 많이 변했겠죠? 우리의 청춘이 깃든 땅인데. 할 수만 있다면 당신 트렁크 속에라도 들어가 붙어 가고 싶어요."

"그래."

유타카는 건성으로 대답하고 나서 옷을 갈아입었다. 미츠코는 벗어 놓은 옷가지를 그러모으고, 깨끗하게 세탁하여 옷장에 걸어 둔 양복을 가져와 유타카에게 내밀었다. 유타카는 설레는 마음을 숨기며 옷을 입었다. 커튼을 힘 있게 닫아걸던 젊은 날 토우코의 얼굴이 머릿속을 채우자 저도 모르게 손이 멈춰졌다.

"왜 그래요?"

미츠코가 얼굴을 들여다보고, 예전의 호청년은 아무것도 아니라며 웃어넘겼다.

마중 나온 차에 오른 유타카는 미츠코의 배웅을 받으며 나리타 공항으로 향했다. 차 안에서 그는 줄곧 과거를 회상했다. 절대 돌아보지 않겠노라 다짐했던 과거였으나, 잊힐 리 만무했다. 죽는 순간까지 잊지 못할 거란 생각에, 저도 모르게 미소가 코끝을 간질였다.

사랑했던 기억을 떠올릴 거야.

25년이라는 세월이 그를 조금 안심시켰다. 한편으론 벌써 25년이나 지났나 싶어 쓴웃음이 나왔다. 회상하는 정도야 미츠코도 눈감아 주겠지, 하고 위안해 본다.

이스턴 에어라인의 태국 취항 40주년을 기념하는 행사가 오리엔탈 방콕에서 치러지기로 되어 있다. 남몰래 추억의 냄새를 맡는 것쯤 이미 죄라고도 할 수 없을 만큼 오랜 시간이 흘렀다. 무슨 일이든 시효라는 것이 있으니까. 미츠코에게는 미안한 일이지만, 마음은 이미 방콕을 향해 날아올랐다. 감은 눈 뒤로, 천진난만하게 빛나는 젊은 토우코가 서 있었다.

심호흡을 하자 열대 특유의 달콤한 공기가 그의 폐를 채웠다. 히가시가이토 유타카는 25년 만에 방콕 땅을 밟았다. 조용히 되살아나는 기억이, 쉰다섯 나이가 된 유타카의 가슴속을 달콤하게, 그리고 안타깝게 파고들었다.

공항에는 방콕 지점에서 마중 나온 젊은 스태프가 기다리고 있었다. 청년의 온몸에서 젊음이 뿜어져 나왔다. 유타카는 마치 예전의 자신을 보는 것 같았다. 젊은 주재원 '니이이'는 기민하게 움직이며 대기 중인 리무진까지 유타카와 그의 비서 카사이를 안내했다.

"전무님, 25년 만에 방콕에 오신 소감이 어떠십니까?"

호청년 니이이는 재빨리 문을 열면서 그렇게 물었다. 1월이라지만, 후텁지근한 더위와 습기를 머금은 열대 바람이 무겁게 와 닿았다.

유타카는 리무진에 오르기 전, 25년이라는 세월 동안 변모해 온 돈무앙 공항 외관을 돌아보았다.

"글쎄…… 아직은 잘 모르겠지만, 공항이 이전보다 훨씬 크고 멋있어진 것 같네."

유타카는 지난 사반세기 동안, 단 한 번도 방콕에서의 추억을 잊은 적이 없다. 그러나 무의식중에도 아시아 지역, 특히 방콕에는 가까이 가지 않으려고 조심했다. 미츠코와 결혼하고 얼마 안 되어 유타카는 유럽 지점에 부임하게 되었다. 프랑스에서 큰아들 다케시가 태어나고, 5년 후에 독일에서 둘째 아들 츠요시가 태어났다.

그 후로도 유럽 전문가로서의 능력을 인정받아, 유럽 통합 이후의 홍보 활동 책임자로 이름을 날리며 유럽의 각 지점을 옮겨 다녔다. 거기에 창업주 미망인의 후광까지 더해져 유타카는 그야말로 순풍에 돛 단 듯이 출세 가도를 달려올 수 있었다. 젊은 날, 자신이 그린 인생 설계도에서 벗어나지 않는 멋진 승리의 길이었다.

쉰셋에 상무이사 자리에 오르고, 올해 전무이사로 승진했다. 차기 사장감이라는 목소리도 높다. 만약 그렇게 된다면, 홍보부 출신으로는 이스턴 에어라인의 창업 이래 최초가 되는 셈이다.

유타카 일행을 태운 리무진은 돈무앙 공항을 뒤로하고, 곧장 방콕 시내를 향했다. 25년 전에는 없었던 하이웨이를 리무진은 고속으로 달렸다. 방콕 시내에 들어설 때까지의 풍경에서는 세월의 흐름을 느낄 수 없었다. 지평선 멀리까지 이어진 파릇파릇한 논밭은 마치 과거로의 시간 여행이라도 하는 듯한 착각에 빠질 만큼 예전 모습 그대로였다.

옆 자리에 앉은 한 여성이 보였다. 마나카 토우코도 당시 모습 그대로였다. 그녀의 크고 까만 눈동자가 눈앞에 있었다. 그 시절의 빛을 받으며 그녀의 두 눈이 강렬하게 빛났다.

— 이제 평생 못 만날 거야.

그녀의 목소리가 들렸다. 하마터면 눈물이 날 뻔했다. 마음의 동요를 가라앉히기 위해 눈을 감고 빛을 차단해야 했다.

그러나 기억은 잇따라 과거를 되살렸다. 어차피 기억에 지나지 않는다고, 스스로를 타일러 본다. 주마등처럼 지나간다는 말 그대로, 옛 추억이 하나하나 선명하게 되살아나기 시작했다.

서로를 안을 때 느꼈던 그녀의 매끄러운 피부와 탄력 있는 몸. 달콤하고 부드러운 입술의 감촉. 온기, 말투, 몸짓, 그리고 숨결까지……

리무진은 한참을 달려 방콕 시내로 들어섰다. 도쿄의 수도고속도로보다도 훌륭한 하이웨이는 대도시 방콕 상부를 크게 선회하였다. 부도심을 연상시키는 고층 빌딩들이 천공에 원을 그리는 하이웨이 주변에 세워져 있었다.

마천루가 즐비한 방콕의 새로운 모습에 유타카는 다소 마음이 놓였다. 모든 것이 당시 그대로였다면, 그는 아마도 이 추억의 거리 속에 빠져서 헤어나지 못했을 것이다. 시대는 변했다. 그리고 자신의 청춘도 그때 이미 끝났다. 그렇게 타이르기에 충분한 변화였다. 그러나 기억 속의 방콕이 사라진 사실에 안심하면서도, 한편으론 쓸쓸함이 밀려왔다. 자신의 추억까지도 개발에 묻혀 사라져 버린 것만 같아서.

"전무님, 감회가 새로우십니까?"

니이이가 돌아보며 물었다. 부하 직원에게 물기 어린 얼굴을 보이고 싶지 않았기에, 유타카는 풀어진 자세를 황급히 바로잡았다.

　"그러고 보면 25년이라는 세월은 참 대단한 거야. 그 평평하던 거리가 이렇듯 위로 뻗어 나가는 대도시로 변모하다니, 놀라울 따름이야."

　니이이가 이해한다는 듯이 미소 지었다.

　"네, 특히 지난 몇 년간은 굉장한 변화가 있었습니다. 새 건물이 속속 들어서고, 대형 백화점도 많이 생겨났죠. 이제는 도쿄와 거의 다르지 않습니다. 없는 게 없을 정도니까요."

　유타카는 조그맣게 고개를 끄덕였으나, 그 이상의 말은 나오지 않았다. 차가 하이웨이를 빠져나와 아랫길로 들어서자, 유타카의 시선은 다시 창밖에 고정되었다. 홍테우로 불리는 저층 건물을 비롯하여 서민가는 아직 예전 모습이 거의 그대로 남아 있었다.

　"이 근방은 별로 달라진 게 없네?"

　니이이가 대답했다.

　"네, 일반 서민 생활에는 그다지 큰 변화가 없습니다. 생활의 격차는 여전히 크다고 할 수 있죠."

　"차들이 많아졌군. 예전에는 그 소형 오토 삼륜차, 그게 뭐였

더라?"

"뚝뚝이 말씀입니까?"

"그래, 뚝뚝이. 그 다음엔 온통 오토바이니 자전거 천지였어. 해 질 무렵만 되면 사방에서 뚝뚝이들이 쏟아져 나와 길을 가득 메우곤 했는데."

그 말에 니이이가 웃었다. 요즘 젊은이답지 않게 호쾌하고 밝은 청년이었다.

"그랬습니까? 지금도 꽤 많다 싶은데, 당시에는 더했군요."

"굉장했지."

유타카는 뚝뚝이 안에서 토우코와 키스를 나누던 기억을 떠올렸다. 뜨거운 햇볕 아래 달리는 뚝뚝이 위에서 끌어안은 두 사람, 행복해하는 두 사람의 달콤한 모습이 보이는 듯했다. 따가운 햇살이 지면의 물웅덩이에 반사되어 반짝반짝 빛나고 있었다.

이윽고 기억이 선명한 팟퐁 거리로 들어서자, 유타카는 아예 어린아이처럼 차창 밖으로 몸을 내밀었다. 그리고 거리를 걷는 과거의 자신과 토우코를 보았다. 그녀의 화려한 옷차림까지 떠올랐다. 이스턴 에어라인의 전무이사로 출세한 지금의 유타카와는 다른, 아직 호청년이었던 무렵의 자신이 그곳에 있었다. 두 사람은 팔짱을 낀 채, 마치 청춘 영화의 주인공인 양 거리를 활보하고 있었다.

토우코······.

저도 모르게 말이 새어 나왔다. 혹여 니이이나 비서인 카사이에게 들렸을까 싶어 황급히 몸을 원래 자리로 되돌렸다. 그리움에 감정이 흔들렸다. 자신 속에 아직 과거에 대한 열정이 남아 있음을 깨닫고 놀라면서도, 자꾸만 눈시울이 뜨거워졌다. 감정은 유타카를 청년의 기분에 젖게 했다. 회사를 위해 앞만 보고 살아온 사반세기가 단번에 구름처럼 흩어졌다.

― 이제 평생 못 만날 거야.

차 안에서 중얼거리던 그녀의 말이 유타카의 귓가에 되살아났다. 그래, 다 지난 일이지. 평생 간직하고 살게 되지만 두 번 다시 되찾을 수 없는 과거. 아니, 그렇기 때문에 더욱 소중한 추억인 거야, 하는 생각과 함께 한숨을 내쉬었다.

코를 훌쩍였다. 그러고 나서 이스턴 에어라인 전무로서의 위엄을 되찾고자 입을 한일자로 꾹 다물었다. 그러나 그러한 긴장도 오래가지 않아 무너졌다. 한순간이나마 호청년으로 되돌아갔던 자신이 우스워서 입가의 긴장이 풀어져 버린 것이다.

멋진 추억이다. 멋진 추억, 그거면 된 것 아닌가. 이미 돌아갈 길 없는 먼 옛날의 추억일 뿐이다. 두려워할 것은 없다.

유타카는 자신이 계속 살아가고 있다는 사실이 신기하게 느껴질 때가 가끔 있었다. 어떻게 이토록 필사적으로 살아야 하는 것인지, 하는 생각이 들 때가 있었다. 인생에 휘둘려 살아온 것을 이따금 후회하기도 했다. 성공한 지금도, 도무지 성공했다는 기분이 들지 않았다. 순풍에 돛 단 인생을 살면서 무엇 하나 불만스러웠던 적이 없다. 그런데도 늘 마음속 어딘가에 작은 구멍이 뚫려 있는 듯한 기분을 떨쳐 버릴 수 없었다. 그 구멍은 해가 갈수록 커졌다. 그 원인은 잃어버린, 그리고 지워 없애려 한 청춘의 한때, 그 소중했던 기억의 잔재 때문임을 지금 깨달았다.

멋진 일이라고 스스로 위안을 삼으면서, 유타카는 간신히 과거와 화해할 수 있었다.

지금껏 유타카는 자신의 소중한 산물을 인정하지 않고 살아온 것이다. 그러나 이제 마침내 그 산물을 인지할 수 있게 되었다. 그날들을 인정해 주고 싶었다.

토우코를 다시 만나는 일은 없을지 모르지만, 그렇기 때문에 더더욱 기억 속의 토우코를 소중히 비밀스럽게 간직하고 싶었다. 그렇게 생각하자 마음이 편해졌다. 그것은 다시 말해, 과거의 자신도 용서할 수 있다는 뜻이기도 하다. 용서해 주자고 생각했다. 이곳에 오길 잘했다는 말이 절로 나왔다.

리무진이 호텔로 이어지는 좁은 골목으로 들어서고, 오리엔탈 방콕의 모습이 나타나자 유타카는 긴장했다. 이렇게까지 변모한 방콕 속에서, 이곳만은 1975년 당시의 모습을 그대로 간직하고 있었다.

히가시가이토 유타카는 마치 퇴근길에 토우코를 만나러 온 것 같은 착각에 빠졌다. 리무진에서 내린 그를 방콕의 뜨거운 공기와 벨 보이가 맞아 주었다.

"이쪽입니다."

니이이가 회전문 쪽을 가리켰다.

"전무님, 괜찮으십니까? 먼 길 오시느라 너무 피곤하신 건 아닌지요."

멍하니 서서 주위를 둘러보고 있자, 비서인 카사이가 걱정스러운 얼굴로 다가왔다.

"아니, 그렇지 않아. 그저 감회가 새로워서."

그럭저럭 미소로 답하고 걷기 시작했으나, 자신이 어디를 향하고 있는지 알지 못했다. 회전문을 통과하면서 추억도 함께 돌기 시작했다.

일찍이 이곳을 수도 없이 드나들었다. 마나카 토우코와 함께.

로비 천장에 매달린 엄청 큰 샹들리에도 당시 모습 그대로였다. 몸집 작은 도어맨들이 가슴께에 손을 모으는 태국식 인사를 하는 것도 여전했다. 로비를 흐르는 상쾌한 바람까지도…….

유타카의 시선이 멈췄다. 기억의 못에 빛이 비쳤다. 돌연 기억 속의 달콤한 향이 코끝에 와 닿았다. 무슨 일이 일어났는지 전혀 이해되지 않았다. 그저 귀가 뜨거워지고, 뒤이어 로비의 소음이 급속도로 멀어졌다. 천창으로 새어 드는 햇빛에 눈이 부신 탓일까. 로비를 흘러가는 바람에 혼을 빼앗긴 탓일까. 로비 한구석에서 연주 중인 클래식 연주가들의 겸허한 음악이 고막을 홀린 걸까. 유타카의 몸속 깊은 곳에서 피가 또 하나의 생물체인 양 움직이기 시작했다. 유타카는 눈을 크게 떴다. 무슨 일이 일어나고 있는지, 심하게 혼란스러운 자신의 머릿속을 어떻게 인식해야 좋을지 몰라 쩔쩔맸다. 두 눈만이 무언가를 좇고, 그것이 뇌의 기억 중추를 심하게 자극했다. 낯이 익은데도, 그것이 무엇인지 알 수 없었다. 몸서리치게 그리우면서도, 한동안 눈에 들어오는 모습과 기억 속 형상이 일치하지 않아 혼란스러웠다.

유타카의 두 눈은 프런트 방향에서 걸어오는 한 여성을 보고 있었다. 그 여성이 10미터쯤 앞까지 다가왔을 때, 유타카의 입에서 설마, 하는 목소리가 튀어나오고 말았다. 웃는 얼굴로 다가오는 제복 차림의 여성. 분명 낯이 익었다. 그 낯익음이 점차 하나의 인물로 이어졌다. 곁에 있던 니이이가 "마나카 씨." 하고 말을 건넸다. 여성은 유타카를 똑바로 보고 있었다. 그 눈이다. 틀림없다. 잘못 본 것이 아니었다.

"이분은 오리엔탈 호텔 재퍼니스 어카운트 담당 마나카 토우코 씨, 그리고 이분은 히가시가이토 전무님이십니다."

"어서 오십시오."

토우코가 웃는 얼굴로 인사했다. 유타카 못지않게 나이를 먹었지만, 못 알아볼 리 없었다. 그녀는 분명 25년 전에 헤어진 추억의 여인, 토우코였다.

제2장

"방으로 안내해 드리겠습니다."

히가시가이토 유타카는 아무런 예고도 없이 눈앞에 불쑥 나타난 마나카 토우코를 현실감이 동반되지 않는 시선으로 바라보았다. 25년 전의 달콤하고 안타깝고 괴로웠던 기억을 돌아보려 했지만, 예기치 못한 갑작스러운 출현에 상황 판단은 물론, 눈앞에 일어난 일을 인식조차 못하고 그저 멍하니 그리운 사람을 바라보는 수밖에 없었다.

"히가시가이토 님."

다시 한 번 목소리가 들렸다. 유타카는 마치 한창 꿈을 꾸다 누군가가 흔들어 깬 듯한 얼굴로 목소리의 주인을 더듬었다. 빛이 재차 그의 기억을 흔들고, 바람이 어디에선가 그리운 냄새를 실어 왔다. 그리고 그곳에는 아직 30대의 두 사람이 있었다. 두 사람은 수직으로 내리쬐는 남국의 빛을 받으며 추억 속을 활보하고 있었다. 끌어안은 두 사람, 이야기를 주고받는 두 사람, 마주 보는 두 사람, 서로를 향해 미소 짓는 두 사람, 말다툼하는 두 사람. 하나같이 그립다는 말만으로는 표현할 수 없는, 안타깝고 소중한 기억들이었다.

"전무님."

이번에는 비서인 카사이가 말했다.

"괜찮으십니까?"

으응, 하고 고개를 끄덕였으나 말은 이어지지 않았다.

"긴 여행에 피곤하셨나 봅니다. 미팅 때까지는 아직 여유가 있으니 방에 가서서 좀 쉬시죠."

니이이가 말했다.

"아니면, 스케줄을 변경하는 것도 가능합니다만."

카사이가 걱정스러운 얼굴로 덧붙였다.

그러나 유타카의 시선은 토우코에게 붙박여 움직일 줄 몰랐다. 잠깐의 공백에 이어 카사이가 일정을 설명하기 시작했다. 하지만 그의 사무적인 말들은 유타카의 머릿속에 의미를 부여하지 못했다.

"그럼, 저녁에 모시러 오겠습니다."

니이이가 웃는 얼굴로 그렇게 고하자, 마나카 토우코가 유타카 곁으로 한 걸음 다가서며 미소를 머금고 말했다.

"카사이 씨께서 묵으실 방은 리버윙 쪽이므로, 저의 어시스턴트인 첸로이가 안내해 드릴 겁니다."

그리운 목소리였다. 해를 거듭한 만큼 목소리의 윤곽도 조금은 흐려진 감이 있으나, 아직까지는 힘이 느껴진다. 분명 눈앞에 있는 여성은 토우코가 틀림없었다. 세월의 침식만큼 늙긴 했으나, 두 눈에서 발하는 강렬한 시선은 예전 그대로였다. 화려한 아름다움도, 가슴을 펴고 당당하게 서 있는 모습도 그때와 똑같았다.

"전무님의 숙소는 느긋하게 쉬실 수 있도록, 저희 호텔이 자랑하는 어서스 레지던스(Author's Residence) 쪽에 마련해 두었습니다. 제가 안내해 드리겠습니다."

마나카 토우코가 유타카 앞으로 한 걸음 더 다가섰다.

당신이 어떻게 이곳에……. 마음속으로 외쳐 보지만, 그 말은 목구멍에 걸려 나오지 않았다.

유타카는 상상 속에서 25년 전의 토우코를 끌어안았다. 여전히 기억 속에 들러붙어 있는 감촉과 향이 그를 점점 더 꼼짝할 수 없게 만들었다. 숨쉬기조차 어려울 만큼 생생한 기억. 그것들은 신기하게도, 시간이라는 가차 없는 힘에조차 전혀 침식당하지 않았다.

"전무님!"

또다시 카사이의 목소리가 유타카를 현실로 불러들였다. 니이이와 카사이가 걱정스럽게 유타카를 바라보고 서 있었다. 유타카는 애써 웃는 얼굴로 그들의 걱정을 덜어 주어야 했다.

"아, 미안. 좀 피곤한 모양이야. 방에 가서 좀 쉬겠네."

그 말을 남기고, 기다리고 있는 토우코를 돌아보았다. 25년 전의 빛에 새삼 현기증을 느꼈다. 그야말로 기시감 속을 걷고 있는 듯한 묘한 기분이다. 25년이라는 세월이 흘렀음에도 오리엔탈 방콕은 기억 속 모습 그대로이다. 벽을 새로 칠하거나 바닥을 새로 까는 등 다소간의 개축은 있었지만, 인상은 예전 그대로였다. 유타카는 마치 시간을 뛰어넘어 25년 전으로 빠져드는 듯한 착각을 일으키지 않을 수 없었다.

바로 앞에 토우코가 걷고 있다. 그 여러 날 동안, 두 사람은 이곳에서 지냈다. 매일 밤 여러 술집을 전전한 후에 바로 이 복도를 걸었다. 어떻게 그녀가 이 자리에 있는지 이해가 되지 않았지만, 그 점에 대해 질문할 수 있을 만큼 유타카는 냉정하지 못했다. 느닷없이 찾아온 현실을 받아들이기에도 벅차서, 25년 치의 나이를 먹은 그녀 뒤를 그저 예전처럼 잠자코 뒤따라가는 것이 고작이었다.

어서스 라운지(Author's Lounge)의 새하얀 계단을 올라, 호텔 내에서도 가장 오랜 역사와 조용한 분위기를 자랑하는 어서스 레지던스의 청초한 복도로 나섰다. 토우코는 결코 뒤돌아보는 일 없이, 당당하게 등을 펴고 앞을 향해 걸었다. 예전 그대로 힘 있고 자신감에 찬 걸음걸이였다. 그녀의 뒷모습에 유타카의 시선이 묶였다.

그녀가 향하는 곳이 어디인지 알 것 같았다. 일찍이 두 사람이 잔혹하리만치 서로 사랑한 그 방이다.

토우코가 서머싯 몸 스위트 앞에서 멈춰 섰다. 돌아본 그녀의 눈에 웃음 대신 눈물이 가득 고여 있었다. 그 모습이 유타카의 감정을 세차게 뒤흔들며 현실을 일깨웠다. 그녀는 줄곧 눈물을 흘리며 앞서 걷고 있었던 것이다.

25년이란 세월은 너무나 길고, 또 무정했다. 그녀도 유타카도 피차 너무 오래 살아 버린, 나이 든 지금의 모습을 보이고 싶지 않은 마음이 있었다. 하지만 그런 부끄러움보다는 다시 만났다는 마음이 앞서, 두 사람은 서로의 얼굴에 생긴 주름을 시선으로 덧그렸다.

토우코의 눈이 완만한 호(弧)를 그리고, 그 위로 반짝이는 눈물이 글썽였다. 흘러넘친 눈물이 그녀의 뺨을 타고 흘러내렸다.

"죄송합니다. 추태를 보이고 말았네요."

토우코는 급히 눈물을 닦고 열쇠를 꺼내 문을 열었다.

"안으로 드시죠."

묻고 싶은 말은 너무 많았지만 어찌해야 좋을지 몰랐던 유타카는 놀란 가슴에 초조함을 안고, 그저 등을 떠미는 대로 서머싯 몸 스위트에 발을 들여놓았다. 순간, 자신의 눈에도 눈물이 고이는 것을 느꼈다. 실내에 머물고 있는 공기가 당시의 냄새와 질감과 부드러움과 기품을 고스란히 간직하고 있었기 때문이다. 한 발 한 발 내디딜 때마다 마음은 시간을 거슬러 올라갔다. 기억의 잔상이 무시무시한 기세로 안구 뒤쪽에 무수한 정보를 흘려보냈다. 유타카는 현기증이 나 방 한가운데 멈춰 서고 말았다. 추억을 더듬기라도 하듯이 토우코를 돌아보았다. 유타카는 그 눈에서 반짝이는 눈물을 발견했다. 토우코 역시 멈춰 섰다.

두 사람 사이의 거리는 불과 5미터 정도. 서로의 얼굴이 또렷하게 보일 만큼 가까운 거리이자, 오늘이 있기까지의 시간을 일깨우는 먼 거리이기도 했다.

"놀랐어요."

유타카는 간신히 말을 꺼낼 수 있었다. 그러나 가까스로 짜낸 말이었을 뿐, 하고 싶고 묻고 싶은 말과는 거리가 멀었다.

"놀라게 할 생각은 없었습니다. 히가시가이토 님이 방콕에 오신다는 것은 사전에 알고 있었습니다만, 제 쪽에서 연락을 넣을 수도 없는 일이어서 도착하시기만을 기다리고 있었습니다."

25년이라는 세월 외에 무엇을 탓하랴. 되찾을 수 없는 시간과 후회가 마치 업보와도 같이 그녀의 얼굴에 작은 주름이 되어 새겨져 있음을 깨달았다. 더구나 현재 그녀의 사회적인 입장에서 비롯된 듯한 말투며 태도에 유타카는 가슴이 아팠다.

"너무 격식 차리지 말아요."

유타카는 우선 그렇게 말했다. 토우코의 눈이 유타카의 눈동자를 똑바로 응시했다. 두 사람은 오래도록 마주 보았다. 그래도 그간의 길었던 부재를 메우기에는 너무나 짧은 시간이다. 필사적으로 살아온 인생이 각자의 등 뒤에 감춰져 있었다. 25년간, 유타카에게는 많은 일이 있었다. 당연히 토우코에게도 비슷하거나, 아니면 좀 더 많은 사건이 있었을 것이다. 더구나 그녀는 지난날 자신이 머물렀던 호텔에서 일을 하고 있다. 유타카는 자신과 헤어지고 나서 그녀가 걸었을 도정을 상상해 보지만, 25년이란 세월은 너무나 길어서 상상하기가 쉽지 않았다.

"일이니까요. 딱딱한 말투, 이해해 주십시오."

"그래요. 25년이나 흘렀으니까."

"당신의 멋진 인생에 흠집을 낼 수는 없으니까요."

"멋지고 말고 할 것도 없어요."

"그렇지 않아요, 훌륭합니다."

두 사람은 다시 침묵했다. 하고 싶은 말의 핵심에 좀처럼 다가가지 못했다. 토우코의 눈에 또다시 눈물이 고였다. 그 모습을 보자 유타카의 눈물샘도 풀어진다. 마주 보고 선 채 두 사람은 하염없이 눈물을 흘렸다.

"보고 싶었어요."

토우코가 마침내 마음을 열어 본심을 털어놓았다. 그녀의 솔직한 말 한마디가 유타카의 가슴을 찔렀다. 그것은 유타카 역시 줄곧 담아두었던 마음. 생각나지 않도록, 돌아보지 않도록, 꽁꽁 숨겨 온 마음이었으나, 지난 25년간 그녀와의 일을 잊은 적은 한 번도 없었다.

"보고 싶었어."

유타카는 자신의 입을 타고 나온 말에 놀랐다. 그 시절 자신의 목소리였다. 육체, 정신, 모두 그 시대의 그것들이다. 너무나 생생하고 푸르른 자신의 목소리에 유타카는 어찌할 바를 몰랐다. 이스턴 에어라인을 통솔하며 살아온 리더로서의 목소리가 아니라, 호청년으로서 달콤했던 30대의 목소리였다.

"보고 싶었어."

다시 한 번 입 밖에 내어 보았다. 토우코가 조그맣게 고개를 끄덕였다. 눈물방울이 그녀의 뺨을 타고 흘러내렸다.

"보고 싶었어요."

유타카는 참지 못하고 다가가 토우코를 끌어안았다. 자신의 행동에 놀랄 겨를도 없었다. 손을 내린 채 망연자실해 있던 토우코도 유타카의 등에 조심스럽게 손을 둘렀다. 하염없이 눈물이 흐른다. 추억을 억누르고 살아온 탓에, 복받치는 감정이 25년 치의 비를 황금 침실에 내렸다.

"보고 싶었어."

"보고 싶었어요."

두 사람은 그 말만을 되풀이했다.

토우코를 끌어안은 유타카의 뇌리에 이 서머싯 몸 스위트에서의 밀월을 비롯한 25년 전의 기억들이 그야말로 주마등처럼 스쳐 지나갔다. 가녀린 토우코의 육체는 다소 둥그스름해진 느낌이었다. 그러나 살이 찐 것은 아니다. 지나간 시간이 그녀를 여자로서 둥글둥글하게, 말하자면 다른 각도에서 매력적인 여성으로 다듬어 낸 것이다. 25년을 그녀답게 살아왔다는 증거가 여실히 드러나 있었다.

"마치 예전 같네."

유타카가 말했다.

"생각하면 괴로워요. 가슴이 찢겨져 나갈 것처럼. 다시 못 만날 거라고 줄곧 체념하고 있었기 때문에, 이렇게 안겨 있는 것만으로도 질식할 것 같아요."

"못 만날 줄 알았는데."

"만나고 싶었어요. 만나서 어떻게 하고 싶다는 것은 아니지만, 그래도 혼자 있는 시간이면 항상 당신을 생각했어요."

유타카는 다시 한 번 토우코를 꼭 끌어안았다. 지난 25년간, 아내 이외의 여성과 사랑에 빠진 적은 없었다. 그에게는 야심이 있었고, 일탈하면 안 되는 인생의 계단이 수직으로 뻗어 있었기 때문이다. 토우코와 헤어져 미츠코와 부부가 된 이후, 유타카는 육체로든 마음으로든 절대 한눈을 팔지 않았다. 두 번 다시 가슴 아픈 사랑은 하지 않겠노라 다짐하고 실천해 온 것이다. 그것은 미츠코에 대한 맹세가 아니었다. 외롭게 버려진 토우코에 대한 최소한의 속죄였다.

그러나 이제 와서 이렇게 간단히 자신을 드러낼 수 있으리란 생각은 하지 못했기에, 유타카는 혼란스러웠다. 25년간, 두 번 다시 호청년은 되지 않겠노라 마음먹고 살아온 그의 인생 방침이, 이렇듯 순식간에 일어난 변화로 인해 소실되려는 것이다.

노크 소리에 두 사람은 황급히 몸을 뗐다. 토우코가 급히 눈물을 닦으며 대답했다. 짐을 가져온 벨 보이였다. 유타카는 옆방으로 발을 옮겼다. 그곳은 격정적으로 서로를 안았던 황금 침실이었다.

가구며 집기들도 25년 전 모습 그대로였다. 벽지는 새로 발라져 있었지만 여전히 진분홍색이 눈에 선명하다. 방 한가운데에 놓여 있는 역사적인 침대도 예전 그대로 으리으리한 캐노피가 매달려 있고, 프릴 달린 화려한 레이스 커튼이 생생함을 감추려는 듯이 드리워져 있었다.

유타카는 한동안 멍하니 실내의 광경을 바라보았다. 이 현실을 어떻게 해석해야 좋을지 몰라 숨을 들이마셨다. 옆에 있는 토우코가 무슨 생각을 하고 있을지 손바닥 보듯 훤히 알 수 있었다.

벨 보이가 짐을 내려놓고 방을 나간다. 곧이어 문 닫히는 소리가 났다.

"이게 얼마 만인지……."

"그래요. 이 방에 손님을 안내할 때마다 늘 당신을 떠올렸죠. 당신의 팔과 어깨와 가슴, 그리고 웃는 얼굴을."

유타카가 돌아보았다. 조금은 냉정하게 그녀를 바라볼 수 있게 되었다.

"그러나 설마 당신과 이렇게 만나게 될 줄은……."

"굉장한 인생이죠."

유타카는 토우코의 눈동자를 찬찬히 들여다보았다. 그녀의 눈동자 속에 25년 전의 자신이 비치고 있는 듯한 기분이 들었기 때문이다.

"나, 달라진 것 같아요?"

그의 말에 그녀가 고개를 끄덕였다.

"너무나 훌륭해졌어요."

저도 모르게 표정이 풀어졌다. 확실히 변했다. 이미 호청년을 이용할 수는 없다. 지금까지 진지하게 사회와 맞서 살아왔다. 당연히 그만큼의 노고가 얼굴에 묻어날 터였다. 솔직히 말해 일에도, 인생에도 지쳐 있었다. 자신이 그린 설계도대로 인생을 걷는 것에 대한 쾌감은 상무로 취임했을 때 조금 맛볼 수 있었다. 하지만 그것도 냉정하게 판단하면 보잘것없는 쾌감에 불과했다. 오로지 앞만 보고 달려 얻으려 했던 것이 고작 그 정도의 기쁨이었나, 하는 마음에 급격히 의기소침해지려던 참이었다. 물론 이대로 한동안은 사장 자리를 목표 삼아 열심히 살아갈 생각이다. 그것 외에는 낙이 없으니 어쩔 수 없다. 동시에 인생이 종반부로 접어든 지금, 자신의 생애라는 것을 저울질하려 들면 들수록 뭔가 구멍이 뻥 뚫린 것처럼 허전함을 느꼈다.

그 구멍을 억지로 들여다보려 할 때면, 언제나 1975년의 방콕 거리와 젊고 화려한 토우코의 모습이 떠올랐다. 그 당시 모든 것을 버리고 그녀를 선택했다면, 어쩌면 지금과 같은 후회는 없었을지 모른다고 생각할 때가 가끔 있었다. 그러다 이내 그런 생각을 지워 버리고 아냐, 최악의 인생을 살았을 게 틀림없어, 하며 쓴웃음을 지었다. 그러면서도 눈은 웃지 않고, 반짝이는 빛의 난무와 바람의 유혹과 토우코의 아름다운 눈동자를 남몰래 떠올렸다.

"관록만 늘었지 뭐."

"이미 호청년은 아니네요."

두 사람은 웃었다. 그 순간, 유타카의 온몸에서 긴장감이 빠져나갔다.

"난 많이 변했죠? 25년 정도 지나면 여자는 안 돼요."

유타카는 고개를 내저었다.

"아니, 당신은 더 멋있어졌어."

유타카의 눈길이 토우코의 입술에 머물렀다. 수도 없이 입맞춤한 얇고 보기 좋은 입술이다. 예전에 비해 조금 짙어 보이는 립스틱이 발라져 있었다. 키스하던 때의 감촉이 뇌리를 스쳤다. 보기보다 훨씬 부드럽고 달콤한 입술.

키스하고 싶다는 생각이 들자, 그 마음을 떨쳐 버리려 유타카는 발길을 돌렸다. 창가로 걸어가 타오르는 감정을 가라앉히기 위해 레이스 커튼을 감아 올렸다. 창밖의 야자수는 예전 그대로였으나, 차오프라야 강 너머 풍경에는 변화가 있었다. 이전에는 평야가 끝도 없이 펼쳐져 있었는데, 지금은 고층 빌딩늘이 들어서서 시야를 가리고 있었다. 빌딩 안쪽으로는 논밭 대신 야트막한 집들이 다닥다닥 붙어 있었다.

"꽤 변화해졌네."

토우코가 바로 옆에 붙어 섰다.

"시대가 자꾸자꾸 변해 가고 있어요."

"맞아. 시대는 가차 없이 변하기 마련이지."

토우코가 유타카의 팔을 잡았다. 달콤한 자극이 그의 등을 타고 오른다. 유타카가 토우코의 입술에 끌려가려는 순간, 이번에는 토우코가 발길을 돌렸다.

"그만 자리로 돌아가야 할 시간이라서."

유타카의 시선에서 빠져나온 토우코는 호주머니에서 명함과 펜을 꺼내 글자와 숫자를 적어 넣었다.

"집 주소와 전화번호예요. 혼자 사니까 혹시라도 일이 빨리 끝나거든 연락 줘요. 그리운 방콕 거리를 함께 걷고 싶으니까."

토우코는 명함을 건네고, 서둘러 실내를 가로질러 현관 앞에 섰다.

"오늘 밤은?"

또다시 의식을 무시하고 말이 나와 버렸다. 내일 파티가 끝나면 곧장 일본으로 돌아가야 한다. 여유 있게 시간을 내려면 오늘 밤뿐이었다. 하고 싶은 말이 산더미였다. 자신 쪽에서 기회를 만들지 못하면 언제 또 만날지 알 수 없다.

"오늘 밤. 오늘 밤은 여덟 시까지 일이 있는데, 그 후라면."

"그럼 8시 30분에 위, 당신과 자주 식사하던 그 프랑스 레스토랑에서. 아직 있으려나?"

"네, 노르망디 말씀이시죠?"

"그래요, 노르망디."

토우코가 고개를 끄덕이자 유타카가 미소로 화답했다.

"그런데 부하 직원들과 함께하지 않아도 괜찮으시겠어요?"

"상관없어요."

잠깐의 공백에 이어 "그럼, 잠시 후에 예약해 두겠습니다."라는 말을 남기고 토우코는 방을 나갔다.

유타카의 손안에 토우코가 주고 간 명함이 남았다. 그곳에는 그녀의 집 주소와 전화번호가 적혀 있었다. 낯익은 글씨. 비스듬히 누여 쓴 글씨로 '마나카 토우코'라고 적혀 있었다.

유타카는 황금 침실로 돌아가 침대 위에 누웠다. 갑작스런 재회가 가져다주는 것이 무엇인지 냉정하게 분석해야 할 필요가 있었다. 그러나 냉정해질 리 만무했다. 나잇값도 못하고 심장을 격렬하게 노크하는 흥분이 지속되었다. 몸은 피곤한데도 신경은 긴장되고, 눈을 감으면 토우코의 얼굴이 어른거렸다. 억지로 쥐어 주다시피 한 명함을 눈앞으로 가져와 들여다본다. 뭔가를 전하려 들 때면 그녀의 눈동자는 항상 빛이 났다.

불현듯 1975년 방콕에 대한 기억이 떠오른다. 그날도 그녀는 막무가내로 집 안에 들어왔다. 그리고 느닷없이 커튼을 닫고서 옷을 벗었다. 기억 밑바닥에 꾹꾹 눌러 놓았던 그리운 추억이다.

토우코의 싱싱한 육체를 떠올리며, 유타카는 자신의 몸을 끌어안았다. 이 침대 위에서 이루어진 무수한 포옹을 떠올리지 않을 수 없었다.

"토우코."

소리 내어 불러본다. 그러다 청년과 같은 짓을 하고 있는 자기 자신이 갑자기 부끄러워져 몸을 일으켰다. 어깨의 힘을 빼고 조그맣게 고개를 흔들었다. 저도 모르게 표정이 풀어졌다. 대체 누가 이런 운명의 장난을 생각해 내고, 또 이런 재회를 가져다주었을까. 단 한 번뿐인 인생에.

유타카는 나직이 한숨을 흘리고 나서, 천천히 일어났다.

제3장

 인생을 두 번 살 수 있는 사람은 없다.

 인생을 처음부터 다시 시작할 수 있는 사람도 없다. 인생이란 요컨대 돌이킬 수 없는 순간의 연속이다. 히가시가이토 유타카의 인생 또한 예외는 아니었다. 그는 성공과 행복의 이면에 많은 후회를 감추고 살아왔다. 그러나 예기치 못한 운명이 인생 앞에 등장한 지금, 그로서는 남은 인생에 대해 재고해 보지 않을 수 없었다.

 유타카가 운명에 이끌려 약속 시간보다 일찍 프랑스 레스토랑 노르망디에 얼굴을 내밀었을 때, 마나카 토우코는 이미 중앙 테이블―새빨간 테이블클로스가 선명한 그곳은 일찍이 둘이서 자주 식사하던 자리이기도 했는데―안쪽 자리에 홀로 앉아 창밖을 바라보며 그를 기다리고 있었다. 그녀의 옆얼굴은 두 사람 사이에 가로놓인 시간이라는 강의 깊이와 격렬함과 길이를 오롯이 받아들인 듯 차분해 보였다.

 유타카는 그녀가 알아차릴 때까지 잠깐 동안, 레스토랑 중앙에 놓인 화분의 잎 그늘에서 그녀의 모습을 살폈다. 말로 다하지 못할 만큼 오랜 시간이 무정하게 흘렀다. 그 옆모습에 짧게 빛나는 토우코의 예전 모습이 오버랩되었다.

그녀가 유타카를 알아보고 눈을 조금 크게 떴다. 유타카는 기억의 나날에서 현실 세계로 감정을 되돌리며 미소로 화답했다.

약속한 8시 30분이 될 때까지, 유타카는 거의 심장이 마비될 것 같은 기분을 주체하지 못했다. 서머싯 몸 스위트의 침대에 누워 천장의 희미한 얼룩을 응시하면서, 이 기이한 만남이랄지 장난 같은 운명에 가슴 설레어 했던 것이다. 설렘 따위, 솔직히 말해 지난 25년간 한 번도 느껴 보지 못한 감정이다. 그런 감정은 토우코와 헤어지던 날 함께 버렸다.

따라서 자신 속에 아직 무언가에 대해 설레는 마음이 남아 있다는 데 놀라고, 또 흥분했다. 쉰을 넘기고 예순을 바라보는 이 나이에, 마치 젊은 사람처럼 가슴 뛰는 자신이 믿어지지 않았다. 그리고 이런 일은 앞으로의 인생에서 두 번 다시 없을 거라고, 엄하게 자신을 타일렀다.

돌이킬 수 없는 것이 인생이라면, 이렇게 나타난 우연한 해후는 신의 장난이라고밖에 여길 수 없다. 아니, 우연이야말로 언제든 인생에 의미의 빛을 던지기 마련이다. 다시 말해, 우연이란 미리 예정된 일을 의미했다.

유타카는 남은 인생에 대해 상상해 보았다. 그런 다음 거기에서 벗어나는 또 하나의 옆길 인생에 대해서도 상상했다. 미츠코와 결혼하여 미츠코와 함께 걸어온 인생. 그 후는 변함없이 평탄하고 평온한 인생. 그리고 지금 갑자기 나타난, 토우코가 가져올지도 모를 상상조차 할 수 없는 새로운 인생. 그 양자의 틈바구니에서 유타카의 마음이 덜거덕거렸다.

두 사람은 노르망디에 마주 앉아 잔잔한 감흥을 느끼고 있었다. 각자의 25년을 이야기하자면 밤이 새도 모자랄 것이다. 그러나 두 사람은 결코 그날 이후의 인생에 관해서는 입을 열려 하지 않았다. 일찍이 사랑이란 말을 한 번도 입에 올린 적 없던 것과 같은 이유로……

경직되어 있던 두 사람 사이에 부드러운 시간이 흐르기까지 족히 30분은 걸렸다. 무려 25년이라는 공백이 있었으니 어쩔 수 없는 일이었다. 그러나 30분이 지난 후에는 신기할 정도로 허심탄회하게, 옛날처럼은 아니더라도 마음을 열 수 있었다.

두 사람은 추억담에 빠져 들었다. 첫 만남에서부터 헤어질 때까지, 넉 달가량의 짧은 나날에 대해서. 이야기하는 내내 미소가 끊이지 않았지만, 때때로 밀려드는 감정을 주체 못해 목이 메고 눈동자가 촉촉해졌다. 그것이 마르기를 기다렸다가 다시 입가에 미소를 머금고 당시로 돌아가곤 했다.

"너무나도 무모하고, 너무나도 정열적이었죠."

마나카 토우코가 중얼거리고, 그때마다 히가시가이토 유타카는 조용히 고개를 끄덕였다.

25년의 세월이 두 사람 모두를 그 무모함으로부터 사뭇 먼 입장으로 밀어 놓았다. 미소가 오가게 되고 나서도 두 사람의 어조에는 여전히 격식이 묻어 있었다. 예전처럼 꾸밈없이 다 벗어던진 솔직한 말투가 아니라, 반듯하게 정장을 갖춰 입은 듯 정중하고 서먹서먹한 구석이 있었다.

"아무래도 옛날 같지 않네."

유타카가 못내 아쉬운 듯 말하자, 토우코는 발그레한 얼굴로 아무래도 무리죠, 하며 시선을 내리깔았다. 유타카는 25년이라는 시간의 무정함을 떠올리며 씁쓸하게 웃었다. 그러고 나서 긴장된 표정으로 과거의 연인을 똑바로 바라보았다. 종업원이 요리를 내오기 전까지 두 사람은 서로를 응시했다. 이윽고 두 사람이 시선을 비낀 순간, 지금이라는 현실이 각자의 등 뒤에 와 있음을 깨달았다.

둘의 대화는 폐점 때까지 계속되었으나, 더 이상 앉아 있을 수는 없었다. 못다 한 마음을 감추고 두 사람은 자리에서 일어났다. 노르망디 지배인의 전송을 받으며 세 사람만 타도 꽉 차는 소형 엘리베이터에 함께 탔다.

둘 사이의 거리가 좁혀지고, 토우코가 약간 비껴 앞에 섰다. 문이 닫히고 엘리베이터가 내려가기 시작하자 그녀가 천천히 유타카 쪽을 돌아본다. 마치 슬로모션 영상 같은 느린 움직임이다.

 후회는 내 인생에서 한 번이면 충분해.

 유타카는 자신에게 일렀다. 돌아본 토우코의 팔을 잡아 그대로 끌어당겼다. 놀란 그녀의 입술에 자신의 입술을 포갠 순간, 유타카는 25년 전의 젊은 자신으로 돌아가 있었다.

 두 사람은 언제까지고 입술을 떼지 않았다. 불과 30초 사이의 일이었음에도, 두 사람에게는 지난 25년을 오갈 만큼 긴 시간으로 느껴졌다. 엘리베이터가 1층에 도착하고 문이 열리자 토우코는 전광석화와도 같이 유타카한테서 몸을 떼고, 주머니에서 손수건을 꺼내 유타카의 입술에 남은 립스틱 자국을 닦아 주었다. 그러고는 아무 일 없었다는 듯이 앞서 내렸다.

 어서스 라운지의 불은 모두 꺼지고 쥐 죽은 듯 고요한 공간만이 펼쳐져 있었다. 토우코는 유타카가 내리기를 기다렸다가 한 마디 했다.

 "이 호청년 같으니."

 유타카의 긴장이 풀어졌다. 토우코의 눈동자가 빛났다. 달밤의 고양이와도 같은 요염한 눈동자였다. 세월에 풍화되지 않은 옛 연인의 모습을 볼 수 있어 유타카는 기뻤다. 눈시울이 뜨거워지면서 그녀의 모습이 점점 흐려졌다.

"언제나 호청년이었어. 교활한 사람."

토우코가 속삭이듯 중얼거렸다. 바로 그 목소리. 25년 전, 귓가에 수도 없이 맴돌았던 그리운 목소리.

"그만큼 사랑한 사람은 그 후 나타나지 않았어. 짧은 한때였지만, 행복했어."

유타카는 고개를 끄덕였다. 그러자 토우코가 골난 목소리로 말했다.

"사랑했어."

25년 전에는 두 사람 모두 그 말을 겁냈었다. 지금이라면 말할 수 있다고 유타카는 마음을 다잡았다.

"사랑했어. 나도 당신을 사랑했어."

토우코는 잠시 침묵한 뒤, 교활한 사람, 하고 중얼거렸다. 그녀의 눈동자가 눈물 속에 잠기는 것을 유타카는 보았다. 뺨 위로 흐르는 눈물을 닦는 것도 잊은 채 그녀는 울고 있었다.

"새삼스럽게 뭐예요, 이제 와서 사랑했었다니."

마나카 토우코는 웃으면서 울었다. 유타카의 뺨에도 눈물이 흘렀다. 두 사람은 오리엔탈 방콕 호텔 구관의 어둑어둑한 복도에 마주 서서 25년 전으로 생각을 달렸다. 눈을 감으면 두 사람은 순식간에 30대의 그 시절로 돌아가 버릴 것만 같았다.

"사랑했었다니, 이제 와서 그런 말 해도 이미 늦었어. 모든 것이 너무 늦어 버렸어. 나쁜 사람. 호청년, 당신은 정말 형편없는 남자였어."

 말을 마친 토우코가 성큼 다가서더니 당황하는 유타카의 입술에 키스했다. 너무나 순식간의 일인 데다 빛이 닿지 않는 어두운 장소였기에 입술 끝의 감촉만 느껴졌을 뿐이다. 그러나 그것은 유타카의 마음을 자극하기에 충분했다. 유타카가 황급히 그녀를 끌어안으려 했으나, 마나카 토우코는 결코 붙잡을 수 없는 신기루와 같은 민첩함으로 그의 곁을 떠났다. 그 길로 뒤도 돌아보지 않고 로비 라운지 쪽으로 사라졌다. 그녀의 발소리만이 유타카의 가슴속에 언제까지고 울려 퍼졌다.

 두 사람의 재회는 서로의 마음에 작은 등불을 밝혔다. 하지만 그 이상 거리가 좁혀지는 일은 없었다. 유타카는 또다시 안정된 인생을 선택하고 말았다. 방콕에 머무는 동안, 고민하면서도 결국 그녀의 집에 전화를 걸지 않았다. 토우코 쪽에서 개인적으로 연락을 해 오는 일도 없었다. 두 사람은 각자 자신들의 현재 위치를 깨닫고 그에 맞게 처신한 것이다.
 기념행사를 진행하는 밝은 모습의 토우코를 바라보며 유타카는 조용히 마음을 현실로 되돌렸다. 추억을 파헤치지 않도록 남몰래 기억의 무덤 속으로 장사 지내며.

언제까지고 호청년일 수는 없었다. 호청년으로서의 히가시 이토 유타카는 그녀의 기억 속에 존재하는 것만으로도 좋았다. 그거면 족하다고, 멀찌감치 떨어져서 그녀를 바라보며 생각했다. 그러고는 인사도 하는 둥 마는 둥, 누가 붙들세라 도망치듯 방콕을 떠났다.

재회란 언제든 인생을 돌아보게 한다는 데 의미가 있다. 일본으로 돌아오는 비행기 안에서 유타카는 자신이 선택한 25년의 인생을 처음부터 끝까지 되풀이해서 돌아보고 또 생각했다. 고민하는 것은 좋지만 방황해선 안 된다고 충고했던 다키자와 나에 씨의 편지를 떠올렸다. 방황은 끝낸 지 오래다. 그것은 어른이 되는 길이자 사회적 인간이 되는 길이었다. 그리고 동시에 인생의 죽음을 의미하는 것이기도 했다. 지금 당장 죽음이 찾아온다는 것은 아니다. 조금씩, 조금씩 다가오는 인생의 종말.

한숨이 멋대로 새어 나온다. 유타카의 인생에서 토우코가 의미하는 것은 과연 무엇이었을까. 그녀는 무엇을 전하고자 자신의 인생에 등장했을까. 또한 자신은 그녀에게 무엇을 주고자 그녀의 인생을 그토록 휘저어 놓았을까.

방콕에서 돌아와 며칠 동안은 거의 혼이 빠진 사람처럼 지냈다. 업무에도 힘이 실리지 않고, 미츠코와의 대화에도 마음이 담기지 않았다. 오히려 미츠코와 마주 앉아 아이들 이야기를 할 때마다 마나카 토우코의 얼굴이 자꾸 떠올랐다.

"당신 왜 그래요, 요즘 넋이 빠진 사람 같은 얼굴을 하고. 늘 멍해 있잖아요."

유타카가 먹고 난 아침 식탁을 치우며 미츠코가 푸념을 늘어놓았다.

"아냐, 그냥 좀 피곤해서 그래."

그 말을 미츠코가 웃으면서 받았다.

"당신 그 얼굴, 마치 인생살이에 지친 사람 같아요."

유타카는 미소로 화답하려 했으나, 저도 모르게 얼굴 근육이 긴장되었다.

회사에 나가도 마찬가지로 일에 집중할 수가 없었다. 이스턴 에어라인에 입사한 이래 이런 경험은 처음이다. 야심만은 누구 못지않은 유타카였으나, 일을 마주하려 들면 어김없이 토우코가 떠올랐다. 일단 생각나기 시작하면 잇따라 밀어닥친 기억의 파도가 그의 기력을 앗아 갔다.

그런 유타카 앞에 토우코로부터 한 통의 편지가 날아든 것은, 방콕에서 돌아온 지 한 달가량 지났을 무렵이었다. 친전(親展·편지를 받을 사람이 직접 펴 보라고 편지 겉봉에 적는 말)이라고 적힌 두툼한 항공우편을 가져온 비서 카사이가 발송인 난의 마나카 토우코란 이름을 알아보고는 약간 미심쩍어 하는 기색으로 '어떻게 할까요?'라는 표정을 지어 보였다. 편지를 받아 든 유타카는 개인적으로 좀 알아볼 일이 있어서 귀국하기 전에 부탁해 두었다고 둘러댔다.

혼자 있는 자리에서 봉투를 뜯었다. 그것은 지난 25년간 토우코의 부재에 대해 상세하게 적어 놓은 편지였다.

전략(前略)

갑작스런 재회가 있은 지 벌써 한 달이 지났습니다. 이런 편지를 받고 난감해할 당신의 얼굴이 떠오르는군요. 하긴 제 머릿속에는 성공한 현재의 당신이 아니라 호청년이었을 무렵, 그 무모했던 시절의 당신 얼굴이 떠오르지만.

혹시라도 과거를 따로 묻어 두고 싶은 생각이시라면, 이 편지가 당신을 번거롭게 할 수 있으니, 그럴 경우엔 주저 없이 파기해 주실 것을 권합니다. 그렇지 않고 과거의 한때에 대해, 아주 조금이나마 후회의 사념을 안고 계신다면, 모쪼록 저의 보잘것없는 그 후 인생 이야기에 귀 기울일 잠깐의 시간을 할애해 주시기 바랍니다.

저는 당신과 헤어져 일단 일본으로 돌아갔지만, 도저히 당신을 잊을 수가 없었습니다. 불과 넉 달도 채 안 되는 짧은 만남이었음에도, 당신을 저의 인생에서 떠나보낼 수가 없었습니다. 자나 깨나 제 마음 곁엔 당신이 다가와 있었습니다. 당신의 온기, 당신의 도톰한 입술이 저의 몸과 머릿속에 머무는 한, 어느 누구도 사랑할 수 없다는 것을 깨달았습니다. 참으로 난제가 아닐 수 없었습니다. 아무리 오랜 시간이 흘러도 당신은 늘 제 마음속에 자리하고 있습니다. 당신을 잊고자 지난 25년을 소비했다고 해도 과언이 아닐 것입니다.

결론부터 말씀드리자면, 당신을 잊을 수가 없었습니다. 지금껏 독신으로 사는 이유도 틀림없이 그런 점에서 기인하는 것이라 생각합니다. 믿고 싶지 않다면 굳이 믿지 않으셔도 상관없지만, 사실이니 어쩔 수 없습니다.

도쿄로 돌아간 후, 지인인 소설가의 집에 눌러앉았습니다. 그분은 이전에 당신에게도 잠깐 이야기한 적 있는, 저의 보호자와도 같은 사람입니다. 하긴 피 한 방울 섞이지 않은 사람으로 저를 딸처럼 사랑해 주었으니 남녀 관계가 되어도 이상할 건 없었고, 그렇게 될 뻔한 적도 있었죠. 하지만 당신을 잊지 못해, 결국 그 사람과는 육체의 정도, 마음의 정도 맺을 수 없었습니다. 그래도 25년이란 긴 세월을 살다 보니, 이렇듯 닳고 닳은 저에게도 다정하게 말을 걸어 주는 멋진 남성이 몇 분 있었습니다. 그러나 어느 정도의 관계까지 진행되다가도 결국 당신을 잊지 못하는 이유로, 소설가 선생님과 마찬가지로 마음을 나눌 수가 없었습니다. 어쩜 이렇게까지 당신을 좋아했을까, 하고 많이 당황했습니다. 잊히지 않더군요. 불과 그 넉 달간의 일이.

문득 정신을 차려 보면 언제나 당신의 망령에 시달리고 있었습니다. 돌이킬 수 없는 짓을 저질러 버렸다고 뼈저리게 후회하곤 했습니다. 그 상황에서 몸을 빼 버린 내 자신에 대한 일말의 후회가 무겁게 덮쳐 와, 결국 저의 생애까지도 지배하고 말았습니다.

그렇다고 당신의 현재 행복을 빼앗으려는 것은 아닙니다. 무엇보다, 저는 이미 나이가 너무 많이 들어 버렸습니다. 당신을 그리는 동안 25년이라는 시간이 지나가 버렸으니까요. 지금 당신 곁에는 오랜 세월 부부로서 함께해 온 소중한 부인이 계십니다. 그런 줄 알면서도, 정말 어리석기 짝이 없는 일이지만, 과거의 당신을 그리는 마음만으로 지난 25년을 살아오고 말았습니다.

당신은 성공하였을 뿐 아니라, 더욱 담대하고 늠름하고 훌륭해지셨습니다. 당신 주위에는 젊고 현명한 여성이 아주 많이 있을 거라 생각합니다. 저의 무대가 영원하지 않다는 것도 당연히 알고 있습니다. 그러나 우연한 재회에는 운명의 강한 힘을 느끼지 않을 수 없군요. 하긴 이번의 재회는 백 퍼센트 우연이라고 할 수는 없습니다만.

15년가량은 아무 일도 하지 않고 전남편이 남겨 준 위자료만으로 생활했습니다. 그러나 그렇듯 목적 없는 인생은 정말이지 따분하기 짝이 없었고, 사랑이 없다는 것도 견디기 힘들었습니다. 결국 저는 도쿄에서의 어설프고 쓸쓸한 생활을 견디다 못해, 상하(常夏)의 도시 방콕에서 다시 살 생각을 하게 되었습니다. 그래서 방콕으로 돌아왔지만, 예전처럼 재산이 있는 것도 아니었습니다. 오리엔탈 호텔 스위트룸에서의 유유자적한 생활은 꿈도 꿀 수 없었지요. 교외에 자그마한 집을 구해, 지인이 경영하는 일본과 태국 기업을 연결하는 컨설팅 회사에서 간단한 업무를 돕게 되었습니다. 오리엔탈 호텔에도 업무 관계로 자주 출입하게 되었고요.

젊은 독일인 지배인, 기억하세요? 키가 크고 웃는 얼굴이 무척 선해 보이는 나이스 가이. 그는 지금도 오리엔탈 호텔 총지배인으로 근무하고 있습니다.

고맙게도 저를 기억해 준 그 사람이 방콕에서의 재출발을 진심으로 응원해 주었습니다. 그 사람 가족들도 친척처럼 살갑게 대해 주었지요. 때마침, 오리엔탈 호텔이 일본 기업을 상대로 적극적인 영업 활동에 나서게 되고, 신설한 재퍼니스 어카운트 담당자로서 일본 기업을 핸들링해 보지 않겠냐며 그가 권유해 왔습니다. 마침 앞날에 대해서도 생각할 나이가 되었고, 전남편한테 받은 위자료도 서서히 바닥을 보이기 시작했다는 사정도 한몫 하여, 저는 그 길을 선택하게 되었습니다.

그러나 제가 이 새로운 일에 흥미를 갖게 된 데에는 또 다른 이유가 있었습니다. 어쩌면 이 일을 통해 당신을 다시 만날 수 있지 않을까, 하는 기대.

작년에는 이스턴 에어라인 본사까지 나가게 되었습니다. 취항 40주년이 코앞이라는 정보를 입수한 터라 영업을 하기 위해서였죠. 시나가와에 있는 본사 빌딩에 발을 들여놓는 순간, 그 건물 안에 당신이 있다는 생각에 온몸이 떨렸습니다. 당신이 전무로 승진했다는 소식은 방콕 주재 사무소 사람들한테 들어 알고 있었습니다. 빌딩 복도를 걸으며, 어딘가에 당신이 서 있지 않을까 하는 마음에 두리번거리며 주위를 살피기도 했습니다.

결국 당신을 만나진 못했지만, 제 집념이 통하여 40주년 기념 파티를 오리엔탈 호텔에서 열자는 저의 기획이 채택되었습니다. 다음은 이 행사에 당신이 와 주기만 하면 되는 것이었죠. 그러나 이것은 상당히 무모한 바람이었습니다. 으레 사장 아니면 부사장이 참석하는 것이 당연한 자리이므로.

당신이 방콕에 온다는 소식을 들은 것은 행사를 일주일쯤 앞두었을 때였습니다. 원래 참석하기로 예정되어 있던 부사장의 형편이 여의치 않아, 전무가 대신 오게 되었다는 소식을 접한 그날부터 전 잠을 이룰 수가 없었습니다. 천재일우의 기회를 맞이한 기분이었죠.

그리고 재회의 날. 저는 한숨도 못 자고 나온 상황이었습니다. 눈이 충혈되었을 테죠. 당신을 만날 수 있다는 생각만으로 저는 그날에 도전한 것입니다. 25년의 마음을 담아.

당신을 만나게 되어 정말 기뻤습니다. 그리고 당신이 도쿄로 돌아간 후, 저는 마침내 지난 25년간의 저주에서 풀려날 수 있었습니다. 아니, 당신을 잊을 수 있게 되었다는 말은 아닙니다. 당신을 생각하며 보내야 했던 숱한 밤, 그 기나긴 악몽에서 간신히 해방된 것입니다. 당신은 제 안에서 그날 밤, 영원해졌습니다. 저의 인생은 이미 최종 단계로 접어들었지만, 앞으로 얼마 남지 않은 인생을 사는 동안, 당신이 제 마음속에서 영원히 빛나리란 것만큼은 틀림없습니다.

이제 두 번 다시 만나는 일은 없겠지만, 당신을 영원히 잊지 못할 것입니다. 당신과의 추억을 평생 간직하고 살아갈 각오가 되어 있습니다. 당신을 사랑했습니다. 정말이지 짧은 시간이었고, 우리 둘 다 사랑이라는 말을 입 밖에 낸 적은 없었지만, 그래도 그것은 분명 사랑이었습니다. 그것은 지나간 25년의 세월이 증명해 주고 있습니다.

기억하나요? 당신은 저를 처음 만났을 무렵, 이런 질문을 했지요. 죽음을 앞두고 사랑한 기억을 떠올릴 테요, 아니면 사랑받은 기억을 떠올릴 테요?

저는 사랑받은 기억을 떠올리겠다고 대답했습니다. 그런데 넉 달이 지나면서 마음이 달라졌습니다. 그래서 다시 사랑한 기억을 떠올릴 것 같다고 말씀드렸죠. 그 말대로 될 것 같습니다. 지금껏 그 마음에 변함이 없다는 것을 자랑스럽게 생각합니다.

그리고 그 상대가 다른 누구도 아닌, 히가시가이토 유타카라는 사실이 또한 자랑스럽습니다.

당신을 기다릴 수 있어서 좋았습니다. 당신을 계속 사랑할 수 있어서 좋았습니다.

고맙습니다. 감사하는 마음으로 가득합니다. 모쪼록 비웃지 말아 주세요. 이렇듯 어리석은 여자이지만, 추억만큼은 정말 소중히 간직하고 살아왔으니까요.

잊어버리고 싶은 과거의 한 인간이 털어놓는 염치없는 고백에 귀중한 시간을 할애해 주신 점, 정말 죄송스럽게 생각합니다. 그래도 건강한 당신을 다시 볼 수 있었기에 이제 남은 인생을 진지하게 살아갈 수 있을 것 같습니다.

고맙습니다. 고맙습니다. 정말 고마웠습니다. 당신을 만난 그날은 도저히 말할 용기가 나지 않았습니다. 저는 어느 때건 시간이 걸리고 마는군요.

난필 난문 이해 바라며.

호청년 님께
마나카 토우코

제4장

 장남 다케시가 데뷔 음반 발표에 이어 심야 음악 프로그램에 출연한다는 소식에 미츠코는 아침부터 좌불안석이었다. 대학생인 츠요시가 안절부절못하고 돌아다니는 어머니에게 충고한다.
 "데뷔했다고 해도 인디 가수이고, 음악 프로그램이라지만 메이저 프로그램이 아니라 마니아 프로그램이라고요."
 그와 같은 가족 간의 화목한 일상을 보고 들으면서도 유타카의 마음은 다른 곳을 향하고 있었다. 재회 이후 4년이나 흘렀지만, 하루에도 몇 번씩 그리운 여인을 생각했다. 이제는 거의 일과처럼. 미츠코에게는 미안한 일이지만, 유타카에게 그것은 일종의 트라우마가 되어 있었다.
 다른 건 몰라도 시간만은 어쩔 수 없었다. 시간을 제어할 수 있는 인간이 어디 있겠냐만, 온 세계의 하늘과 온 세계의 노선을 손 안에 넣으려는 유타카도 시간 앞에서는 무력했다.
 그녀의 편지는 남들 눈에 띄지 않도록 은행의 대여금고 안에 보관해 두었다. 지난 4년 사이, 유타카는 사장의 갑작스런 죽음을 맞이하면서 부사장에 취임했다. 그는 자신의 바람 이상으로 순풍에 돛 단 인생을 걸어왔다. 평생의 꿈인 이스턴 에어라인의 사장 자리가 불과 한발 앞으로 다가온 것이다. 실력과 우연과 운명에 도움받은 신기한 인생이었다. 당연한 이야기지만, 신입사원으로 입사한 사람 모두가 사장이 되는 것은 아니다. 유능한 사원 가운데서도 단 한 사람만이 그와 같은 행운을 만날 수 있다.

그렇다면 주어진 기회를 거머쥐기 위해서라도 하루하루 맹렬히 일에 매진해야 마땅했다. 하지만 토우코와의 재회 이후, 유타카의 마음에는 묘한 피로감과 함께 얼떨떨한 기운이 스며들어 그에게서 하루하루 기력을 앗아 갔다.

해를 거듭할수록 끝내 토우코와 함께하지 못했던 것에 대한 후회가 부풀었다. 물론, 그래서 일을 못할 정도는 아니었지만, 얼마 남지 않은 자신의 인생을 돌아볼 때면 토우코에게 못다 한 마음이 늘 가슴을 치받았다. 그렇다면 연락해서 다시 한 번 만나면 될 것을, 새삼 만나서 어쩌랴 하는 생각에서 벗어나지 못하다 보니 몸과 마음, 어느 것 하나 자유롭지 못했다. 시간을 역행할 정도의 에너지도 이제 남아 있지 않았다.

내년이면 예순 살이 된다. 호청년으로 불리던 때의 무모함이 마냥 그립다. 뜨거운 감정이 솟구칠 때마다 어리석은 자신을 질타하고, 마음의 미혹을 실소로 넘겨 왔다. 그러나 아무리 세월이 흘러도, 아니 오히려 시간이 지날수록 토우코의 존재가 그의 가슴속에 단단히 자리 잡아 가는 것도 사실이었다.

깊은 밤, 미츠코가 흔들어 깨우는 바람에 유타카는 TV 앞에 앉았다. 다케시의 연주와 노래는 생각했던 것만큼 형편없지는 않았지만, 뛰어나게 훌륭한 것도, 반대로 나이 든 사람이 이해 못할 만큼 참신한 것도 아닌, 안 좋게 말하면 무난한 정도였다. 단 한 사람 어미인 미츠코한테만은 아들이 빛나 보이는 모양이었다.

 "잘하고 있잖아요."

 마치 연인을 바라보는 듯한 눈으로 미츠코가 그렇게 중얼거릴 때마다 유타카는 한숨을 흘렸다. 그것은 자식 예쁜 줄만 아는 미츠코에 대한 한숨이 아니었다. 마음 편한 가족 안에 묻혀 있으면서도 잊히지 않는 사람을 남몰래 생각해야만 하는 자신의 입장에 대한 분노와 초조함에서 비롯된 한숨이었다.

 "무슨 일 있어요? 어쩐지 요즘 들어 부쩍 한숨을 많이 쉬는 것 같아요."

 정신을 차려 보니, TV 앞에 바싹 붙어 있던 미츠코가 돌아보며 걱정스럽게 말하고 있었다.

 "응?"

 유타카는 가볍게 고개를 갸웃하면서도, 촉촉하니 마음을 감싸고 있던 막을 들켜 버린 것 같아 순간 당황했다.

 "아니, 아무 일 없어."

 "부사장이라는 직책이 버거워요?"

"그럴 리가 있나."

"하지만 부사장이 되기 얼마 전부터 안색이 좋지 않았어요."

"그런가?"

"당신 아내로 살아온 세월이 얼만데 그런 것도 눈치 못 챌까 봐서요."

어떤 얼굴을 해야 좋을지 몰라 유타카는 긴장했다. 혹시 모든 사실을 알아차렸는지도 모른다. 아니면 대여금고에 숨겨 둔 편지를 들켜 버린 게 아닐까. 초조한 마음에 가볍게 기침을 하고 나서 둘러댔다.

"괜찮아. 책임이 좀 무거워졌을 뿐이야."

"무리하진 말아요. 정 힘들면, 회사 그만둬요. 둘이 어디 산이나 바다 가까운 곳으로 이사 가서 새로운 인생을 시작하는 것도 상관없으니까. 어차피 아이들도 머지않아 우리 품을 떠날 테고."

유타카의 입가에 절로 미소가 번졌다. 아내의 마음 씀씀이가 그렇게 시킨 것은 아니다. 이렇게까지 자신을 생각해 주는 사람이 곁에 있는데, 과감히 과거를 잘라내지 못하는 자신이 우스웠다. 아니, 슬펐다.

"까짓 사장 따위 안 하면 어때요. 당신은 이미 충분히 했어요. 지금까지 해 온 것만으로도 충분해요. 위만 보고 살면 끝이 없잖아요. 적당히 사는 것이 곧 장수의 비결이기도 하고."

"옳은 말이야."

유타카는 대답해 두었다. 부사장이 되고 나서부터는 사장을 꿈꾸는 것이 당연한 일인 것처럼 생각되었다. 회사도 요 몇 해 사이 순조롭게 성장해 왔고, 큰 실수만 없으면 연공서열법에 따라 사장 자리는 따 놓은 당상이었다.

그러나 출세욕에 사로잡혀서 겪는 마음고생이 아니라, 지나간 사람에 대한 새삼스러운 미혹이란 소리는 차마 할 수 없었다.

"맞다! 당신한테 줄 게 있어요."

다음 날 아침, 출근하려는데 미츠코가 소책자 같은 것을 들고 달려왔다. 현관에서 그것을 건네받았을 때, 유타카의 마음이 다시 흔들렸다. 표지에 『안녕, 언젠가』라는 글귀가 적혀 있었다.

"생각해 보니, 은혼식 때 결국 아무것도 못했잖아요. 그래서 이거, 300부 만들었어요. 요즘 한창 유행하는 자비 출판이란 거예요."

페이지를 넘기자 첫 번째 시가 바로 '안녕, 언젠가'였다. 그 시의 마지막 부분에 눈길이 머문다.

안녕, 언젠가

영원한 행복이 없듯
영원한 불행도 없는 거야

언젠가 이별이 찾아오고, 또 언젠가 만남이 찾아오느니

인간은 죽을 때, 사랑받은 기억을 떠올리는 사람과

사랑한 기억을 떠올리는 사람이 있는 거야

난 사랑한 기억을 떠올리고 싶어

"그거, 당신한테 주는 거예요."

유타카는 고맙다고 대답하면서도, 시에서 눈을 떼지 않았다.

"저기, 물어봐도 될까?"

"달라지지 않아요."

"응?"

"죽을 때 내가 어느 쪽을 떠올릴 거냐고 묻는 거잖아요. 난 처음부터 쭉, 사랑한 기억을 떠올리는 타입이니까, 틀림없이 사랑한 기억을 떠올릴 거예요. 당신, 그리고 사랑스러운 두 아들을."

"그래."

유타카는 고개를 끄덕이며 아내가 만든 시집을 꼭 쥐었다.

"그럼, 다녀올게. 오늘은 늦으니까 먼저 자요."

"알았어요. 그리고 당신, 제발 무리하지 말아요."

유타카가 멈춰 선다. 그 등을 향해 미츠코가 부드럽게 말을 건넸다.

"언제든 힘들어지면 회사 그만둬도 상관없어요. 누차 말하지만, 이미 당신은 충분히 했으니까. 이제부터는 둘이서 편안하게 여생을 보내요."

유타카는 고개를 끄덕이고 나서 뒤돌아보지 않고 문을 나섰다. 30년 가까이, 미츠코는 더할 나위 없는 아내와 어머니로 살아주었다. 몸을 아끼지 않고 바지런히 살아온 미츠코의 얼굴을 차마 정면으로 볼 수가 없었다. 그녀를 사랑하는 것은 사실이었고, 마찬가지로 아이들도 사랑했다.

21세기를 맞이하고도 20세기의 달콤한 관능의 향기가 여전히 유타카의 마음과 기억을 점령하고 있다. 새로운 봄은 안타깝게도 바랜 빛에 지배당하고 있었다.

"잠깐 기다려 주게."

유타카는 운전기사에게 이렇게 말하고 차에서 내려, 거래 은행 안으로 들어갔다. 한 달에 한 번꼴로 시간을 내어 은행에 들르는 유타카의 행동을 운전기사가 미심쩍게 생각한대도 이상할 건 없었다. 설마, 부사장이 대여금고에 보관해 둔 옛 애인의 편지를 읽고 있는 줄은 상상도 못할 것이다.

유타카가 은행 안에 들어서자, 담당자인 지점장 대리가 달려나와 대여금고까지 유타카를 안내했다. 빈번히 방문하는 유타카를 그도 이상하게 여기고 있었지만, 결국 운전기사와 마찬가지로 입 밖에 내는 일은 없었다. 고객이 대여금고를 이용하고 있는 동안에는 행원은 물론 다른 고객도 안에 들어올 수 없게 되어 있다. 그 점이 마침 유타카에게는 좋은 일이었다. 꺼낸 편지를 남의 눈치 안 보고 읽을 수 있다. 그렇더라도 이미 외우다시피 한 터라, 내용을 확인하고 싶어서 본다기보다 편지에서 풍기는 토우코와의 추억을 맡고 싶을 뿐이었다.

유타카는 답장을 하지 않았다. 솔직히 여러 차례 시도는 했지만 매번 실패하고 말았다. 아무리 아름다운 말을 자아내도, 다시 읽어 보면 어쩐지 거짓되고 수긍이 가지 않는 문장들뿐이었다. 그렇다면 핑계 김에 태국을 다시 찾을 수도 있는 일이었으나, 이 또한 수차례 고민한 끝에 결국 실행에 옮기지 못했다. 역시 언제나, '이제 와서 새삼'이라는 생각이 앞서고 말았던 것이다. 그 대신 유타카는 방콕 지점에서 들어오는 보고에 온 신경을 기울이고, 때로는 동남아시아에서 복귀한 사원을 불러 현지 사정을 알아보기도 했다.

유타카는 다 읽은 토우코의 편지를 금고에 도로 넣었다. 아내가 준 시집과 함께. 토우코의 편지만 넣어 두기가 꺼림칙한 마음에서 나온 행동이었다. 그 안에서만큼은 미츠코의 시집과 토우코의 편지가 나란히 사이좋게 놓여 있었다.

꼼꼼히 자물쇠를 채우고 대여금고실에서 나왔다.

"바쁘십니까?"

지점장 대리가 어련무던한 질문을 했다.

유타카는 웃는 얼굴로 "말도 못합니다."라고만 대답했다.

은행 문을 나서면 어김없이 마음이 무거워지고, 그럴 때면 유타카는 눈을 감고 생각에 잠겼다. 운전기사는 룸미러 너머로 유타카의 얼굴을 흘깃 보았을 뿐, 쓸데없는 탐색은 하지 않았다.

그런 유타카였으나 과거에 끌려 다니느라 업무에 차질을 빚는 실수를 범하진 않았다. 유타카는 과거를 잊으려면 현재와 마주하는 수밖에 없다는 생각이 들었다. 그는 쉰아홉 나이로 보이지 않을 만큼 행동력 있게 일을 소화하고, 사장을 잘 뒷받침하여 '더 부(副)'라는 별명까지 얻게 되었다. '넘버 투'라는 입장이 차라리 그에게는 마음 편한 일이기도 했다. 일이 바쁘다 보면 그녀의 생각에서 벗어날 수 있었기 때문이다.

그런 유타카 앞으로 토우코로부터 새로운 편지가 도착했다. 비서가 발송인의 이름을 말했을 때, 유타카는 마치 러브레터를 기다리던 중학생처럼 소리를 높이며 무방비하게 놀라고 말았다. 이상하게 생각했겠다 싶어 급히 입을 다물자, 오히려 비서는 무슨 일인가 하고 걱정스럽게 유타카의 안색을 살폈다. 아무것도 아니라며 얼버무리고, 부사장실에 틀어박혀 떨리는 손으로 재빨리 겉봉을 뜯었다. 뜯는 순간, 편지 안에 갇혀 있던 토우코의 혼이 흘러나오는 것만 같아 저도 모르게 눈을 감고, 재회하던 날의 감미로운 입맞춤의 감촉을 곱씹었다. 분명 토우코의 글씨였다. 대여금고실에 보관해 둔 편지의 글씨체와 똑같은, 가늘고 부드러운 일본어였다.

유타카는 편지를 읽기에 앞서, 일단 코로 가져가 향기를 맡았다. 남국의 꽃향기가 은은하게 풍겼다. 그것은 토우코가 일부러 편지지 어딘가에 한 방울 떨어뜨렸을 향수 냄새가 틀림없으련만, 유타카에게는 편지를 써 나가는 동안에 밴 그녀의 부드러운 체취인 것처럼 느껴졌다.

전략(前略)

그때 이후 몸이 상해 통원 치료를 받는 나날이 계속되고 있습니다. 대단한 병이라곤 할 수 없지만, 아무래도 예순이 넘어 혼자 살다 보니 이런저런 일들이 생기나 봅니다. 호텔 계단에서 발을 헛디뎌 넘어지는 바람에 다리가 부러졌는데, 그게 단순한 골절로 끝나지 않았습니다. 의사 말이, 골절 상태가 어쩐지 예사롭지 않다며 좀 더 검사를 해 봐야겠다더군요. 대개는 뚝, 하고 부러지는 것이 보통인데, 저는 으스러진 느낌이랄까요. 이렇게 쓰고 보니 어쩐지 중환자 같지만, 뭐 크게 수선 피울 정도의 일은 아닌 것 같습니다. 하지만 오리엔탈 호텔의 지배인이며 동료들이 예방이 최선이라며 걱정해 주는 바람에 다음 주에 재검사를 받기로 했습니다.

혼자 몸이다 보니 자기 건강은 자기가 알아서 챙겨야 할뿐더러, 일본이 아닌 만큼 국가의 뒷받침이 있는 것도 아닙니다. 그래서 비싼 치료비를 내고 스스로 자기 검진을 해야 하는 형편입니다. 그렇더라도 세월을 이길 장사는 없다고, 신체적으로 점점 쇠약해져 가는 내 자신이 한심해 견딜 수가 없습니다. 마음은 아직 청춘인데 정말이지 이젠 안 되겠다 싶네요.

지배인이며 동료들 모두 한 식구처럼 걱정해 주는 마음은 고맙지만, 그곳에 더 붙어 있으면 오히려 폐만 끼칠 것 같아, 곰곰이 생각한 끝에 반년쯤 전 오리엔탈 호텔을 퇴사했습니다. 지금은 계약 사원 형태로, 큰 업무의 프로듀서 같은 일을 맡아 하고 있지요.

건강하게 일하고 계실 유타카 씨께 이런 반갑지 않은 소식을 전하고 싶지 않았고, 사실 보내야 하나 말아야 하나 망설이기도 했지만, 결국 되쓰기를 거듭한 끝에 이 편지는 부치게 되는 모양입니다.

유타카 씨는 여전히 크게 활약하고 계시더군요. 이곳 EA 직원 분한테 부사장으로 취임하셨다는 소식 듣고, 축하하고 싶어서 이렇게 펜을 들고 말았습니다. 실은 좀 더 일찍 축하의 말을 전하고 싶었지만, 이래저래 망설여지더군요. 이번의 불상사가 없었다면 역시 생각만으로 그치고 말았을지도 모르겠습니다.

과거란 대체 뭘까요. 추억이란 그토록 즐거운 것이거늘, 어째서 이다지도 쓸쓸하게 느껴지는 것일까요. 노쇠해 가는 육체, 흘러가는 시간. 그런 것들을 지켜보면서 저는 역시 사반세기 전, 아니 이미 30년이 다 되어 가는 일이 되겠군요. 그 즐겁고 무모했던 시절을 떠올리지 않을 수 없습니다. 그때 일이 전부인 것처럼 살아간다는 것은 역시 괴로운 일입니다. 더구나 이렇게 몸을 다치고 보니, 그런 마음이 새삼 더합니다. 자나 깨나 제게는 당신과 보낸 시간밖에 보이지 않습니다.

이런 편지를 써 보낸다고 해서 달라질 건 없겠지요. 물론 무언가를 바꿀 생각도 없습니다. 그저 살아 있는 동안, 내 인생이 무의미하지만은 않았다고 여길 수 있다면 족하다고, 마음속 어딘가에서 바라고 있을 것이 틀림없습니다. 그렇다면 제 인생의 의미는 무엇일까요. 그것은 유타카 씨, 당신입니다.

지난 4년간, 당신의 답장을 줄곧 기다려 왔습니다. 오지 않을 줄 알고 있으면서도 말입니다. 그래요. 압니다. 그리고 제가 얼마만큼 당신에게 폐를 끼치고 있는지도. 행복하게 살아가는 당신 주변에 불행의 바람을 불게 하는 제가 얼마나 어리석은 사람인지……. 하지만 당신과 소통하고 싶었습니다. 옛날처럼 어떤 형태로든 연결되고 싶었습니다.

당신의 기억 속 어딘가 한구석에 놓여 있을 수 있다면 그것으로 충분합니다. 그 이상의 것은 바라지도 않고 바랄 수도 없습니다. 그저 당신과 보낸 그 한때가 저뿐 아니라 당신에게도 중요한 한때였다고 믿고 싶은 마음입니다. 그렇다면, 저는 이 인생의 끝에 가서 마침내 행복에 닿을 수 있겠지요. 얼마나 제멋대로인 여자인지, 하고 웃으실 것을 각오하고, 그리고 부끄러움을 무릅쓰고 드리는 말씀입니다. 양해해 주시길.

저는 당신보다 나이가 많아서 이미 예순을 훌쩍 넘겨 버렸습니다. 60년이나 살아오다니, 신기하죠. 60년이에요. 그토록 뜨겁고 격정적으로 살아온 탓에 과거를 돌아볼 때면 어느새 60년을, 하고 놀랍니다. 그 긴 세월을 어떻게 보냈는지. 열심히 살았다고 칭찬해 주고 싶지만, 유감스럽게도 칭찬할 대상이 없군요.

최근에는 다리가 부러진 탓에 마음이 조금 약해졌는지 내 자신이 죽을 장소에 대해 곧잘 생각합니다. 고국에서 생을 마감하고 싶은 생각도 적지 않지만, 시간의 길이로 따지면 이곳 태국에서 살아온 시간이 훨씬 기니, 가능하면 이곳에서 죽음을 맞고 싶은 마음입니다. 내게 어울리는 마지막 장소가 이곳인 것 같아요. 저에게는 부모도, 일가친척도 없습니다. 친구도 일본에는 거의 없고, 나를 소중히 생각해 주는 사람들은 모두 이곳에 있으니, 그런 의미에서는 망설일 게 없습니다. 그래서 태국 땅 아래 묻힌다면 만족할지도 모릅니다. 조금 쓸쓸한 마음도 들지만, 그것도 운명이겠죠.

당신과 잠깐이나마 만날 수 있어서 기뻤습니다. 사실 그것만으로도 신께 감사드려야 할 일입니다. 이 말만은 전하고 싶었습니다.

당신이 아무 말 없이 방콕을 떠나시던 날, 나는 재차 당신에게 버림받은 듯한 쓸쓸함을 느꼈습니다. 하지만 한편으론 당신이 나를 절대 찾아오지 않을 거란 생각도 했습니다. 당신에게 집주소와 전화번호가 적힌 명함을 건네면서도 전화해 주지 않으리란 것을 알고 있었습니다. 알고 있으면서, 기다렸던 거죠. 바보같이, 어리석은 짓인 줄 알면서도 기다렸습니다. 그러고 나서 또 4년이나 되는 세월이 흘렀음에도 저는 기다렸습니다.

당신은 당신의 세계로 돌아가 행복하게 지내고 있습니다. 저 같은 사람이 뻔뻔스럽게 나타날 상황이 아니라는 것을 압니다. 하지만 알면서도 왜 그런지 편지를 쓰게 되네요. 왜일까요. 이러는 저 자신이 가엾습니다. 게다가 당신의 답장까지 기다리다니. 얼마나 가여운 인간인지요. 이렇듯 과거의 강변에서 미래를 사는 당신에게 편지를 쓰고 있는 제가 한심합니다. 날마다 인생과 싸우고 있을 당신에게 폐를 끼치는 저 자신이 너무나 한심합니다. 정말 미안합니다.

아, 그래도 어떤 식으로든 당신에게 제 마음을 전하고 싶었습니다. 이렇게 이국땅에서 조용히 당신을 생각하고 있는 여자가 있다는 사실을 전하고 싶었습니다. 몇 십 년이 지나도 변함없는 마음으로 그리워하고 있는 인간이 있다는 것을 전하고 싶었습니다. 단지 그것뿐입니다. 어리석고, 무신경하고, 슬픈 토우코를 부디 잊지 말아 주었으면 하는 마음에……. 말이 길어졌네요. 환절기에 감기 조심하시기 바라며, 이만 줄입니다.

> 히가시가이토 유타카 님께
> 마나카 토우코

유타카는 편지를 품에 안고 울었다. 아무도 모르게 울었다. 흐느끼는 가슴이 마치 별개의 생물체인 양 노쇠한 몸의 중심에서 젊고 난폭하게, 그리고 막무가내로 날뛰었다. 어째서 답장을 보내지 않았을까, 하고 후회했다. 아니, 방콕까지 갔으면서, 그녀의 마음을 알았으면서, 왜 그 걸음에 그녀의 집까지 가지 않았을까. 좀 더 여유 있게 만났어야 하지 않았을까, 하고 후회했다. 온갖 생각이 머릿속에서 소용돌이쳤지만, 그 생각들은 좀처럼 하나의 형태로 상을 맺지 못했다.

괴로운 나날의 시작이었다. 29년 전 미츠코를 선택했을 때와 비슷한 이유로, 유타카는 이번에도 역시 선뜻 답장을 써 보내지 못했다. 그 자리에서 바로 답장해 토우코에게 헛된 기쁨을 안기는 것은 더욱 잔혹한 일이라고 생각했기 때문이다. 무려 60년의 세월을 살아온 두 사람이 과거의 추억에만 매달려 무엇할 것이며, 또 무엇을 시작할 수 있겠는가.

하지만 뭐든 좋으니, 자신도 여태 토우코를 생각해 왔노라고, 전해 주고 싶었다. 그런데도 펜을 잡을 수가 없다. 그 다음을 어떻게 해야 좋을지 알 수 없었다. 과거를 파헤치는 일에 왜 그런지 제동이 걸리고 만다. 그것은 아마도 사장 자리가 코앞에 다가와 있기 때문임이 분명했다. 아내가 자신들의 사랑을 영원히 가져가기 위해 시집을 만들었기 때문임이 분명했다. 그리고 사랑스러운 자식들이 있기 때문임이 분명했다.

유타카는 얼마 남지 않은 시간을 노려보며 계속 망설였다. 이대로 시한을 넘겨도 좋은 것인지……. 마감 시간을 기다리는 자신과의 싸움이기도 했다.

새로운 여름이 시작되고, 유타카 앞으로 토우코의 새로운 편지가 도착했다. 그러나 그 내용이 심각한 것이었기에, 유타카는 편지를 읽고 난 후 한동안 움직일 수가 없었다.

전략(前略)

　지난번 편지를 마지막으로 삼을 생각이었는데, 이렇게 또 편지를 쓰고 마는군요. 하지만 아마도 이 편지가 마지막이 될 것 같습니다. 그 후, 병원에서 한 검사 결과 새로운 사실을 알게 되었습니다. 처음에는 대수롭지 않겠거니 여기고 있었는데, 혈액검사 후 종양 수치가 높게 나와 다시 정밀 검사를 받아보니, 암으로 밝혀졌습니다. 다리 골절은 쉽게 말하면, 자궁암이 뼈로 전이되었기 때문이라는군요. 더구나 이미 온몸으로 번져 나가고 있는 상황이라 부득이 입원하지 않을 수 없었습니다.

　그렇지만 이제 와서 새삼 생에 애착을 느낄 만큼 소중한 것이 제 주변에는 남아 있지 않습니다. 그래서 병명을 알고 나서도 정신적으로는 그다지 힘들지 않습니다. 오히려 제가 자리보전하기 전에 조금이라도 건강할 때 당신을 한 번 만날 수 있다면, 하는 작은 소망이 생겼습니다. 병을 빌미로 당신을 만나고 싶다는 것이 얼마나 염치없는 짓인지 잘 알면서, 이렇듯 떠보는 듯한 편지를 쓰게 되어 정말 미안합니다.

　항상 사과밖에 할 줄 모르는 저 자신이 괴롭습니다. 하지만 어떤 수단을 써서라도 지금 만나지 못하면 저의 일생은 후회로 끝나 버릴 것 같기에, 용기를 내어 이렇게 편지를 씁니다.

　하지만 불쌍히 여기지는 말아 주세요. 설령 당신을 못 만난다 해도, 저의 일생을 우아하게 추억할 수 있습니다. 당신을 만나 이별할 때까지의 넉 달간은 확실히 안타깝고 힘겨운 시간이었습니다. 그러나 무엇과도 바꿀 수 없는 멋진 추억의 한때였지요. 요즘에는 그 무렵을 떠올리는 것이 일과의 전부라고 해도 과언이 아닙니다. 그 시절의 두 사람을 추억할 때마다, 저의 인생에 의미를 붙여 준 당신에게 감사하지 않을 수 없습니다.

당신이 제 인생에 안겨 준 행복을 오늘날까지, 가슴 아픈 가운데에서도 소중히 간직하고 살아올 수 있었던 것, 그것이 바로 제 인생의 의미였습니다.

기억하시나요? 팔짱을 끼고서 곧잘 황혼의 팟퐁 거리를 걸었죠. 야구로 단련된 당신의 어깨에 머리를 기댄 채 걷는 것이 좋았습니다. 서머싯 몸 스위트에서 맞는 한가로운 아침과 비쳐드는 태양 빛, 테라스에서 먹는 아침, 우리가 흘린 빵 부스러기에 모여드는 작은 새들, 유유히 흐르는 강 위를 사람들을 가득 실은 배가 오가는 모습들……. 그러한 것들을 우리는 종종 멍하니 바라보곤 했죠. 하지만 당신과 수상 버스를 탄 적은 한 번도 없었습니다. 우리는 걷는 것을 좋아했으니까요. 어디를 가든 걸었습니다. 온 근방에 빛이 튀었고, 우리 두 사람은 언제나 이방인이었습니다. 환상 속에서 사는 것 같았죠.

밤이면 바에서, 바싹 붙어 앉아 독한 술을 마시는 날이 많았습니다. 저, 당신한테 무척이나 어리광을 부렸죠. 아유타야 유적 정상에서 당신과 많은 이야기를 나누었습니다. 저 자신에 관한 이야기를 전부 한 것은 아마 그때가 처음이었을 거예요. 그때까지는 어딘지 모르게 당신을 경계하고 있었던 것이 사실입니다. 하지만 그때부터 정말로 당신이 탐이 나서 못 견딜 지경이 되었지요.

황금 침실의 침대 위에서 당신의 사랑을 받았습니다. 둘 다 사랑이라는 말을 입 밖에 낸 적은 한 번도 없었지만, 피부를 꿰뚫을 만큼 당신의 마음은 내게 와 닿았습니다. 저도 당신에게 그 이상의 마음을 전했을 것입니다.

당신은 많이 방황했습니다. 그것은 당신이 지닌 성실함의 발로겠죠. 갈등하고 괴로워하는 당신의 모습만을 떠올립니다. 호 청년을 그런 지경으로 몰아넣은 나는 나쁜 여자였습니다. 하지만 좋아하게 되었으니 어쩔 수가 없었습니다. 사랑해 버렸으니 도리가 없었습니다. 그것은 이치가 아니라, 삶 자체입니다.

제가 방콕에 돌아온 까닭도 이곳에 당신과의 추억이 많이 남아 있기 때문입니다. 이곳에 있는 한 저는 그날의 당신과 만날 수 있습니다. 고독한 인생이었지만, 저는 혼자가 아니었습니다. 언제나 빛과 그림자 속에서 당신의 환영을 발견했습니다.

방콕에서의 넉 달간의 추억을 안고 이 세상을 떠날 수 있습니다. 그것은 말하자면 저에게만 주어진 최고의 재산이기도 합니다. 고마웠습니다. 두서없는 편지가 돼 버렸지만 끝까지 읽어 주셔서 기쁩니다.

 이미 각오는 돼 있습니다. 만약 가능하다면, 단 하루만 당신을 만나고 싶습니다. 그렇게만 된다면 저는 지금보다 조금은 더 행복해질 수 있겠죠. 이만 줄입니다.

히가시가이토 유타카 님께
마나카 토우코

배복(拜復)

 편지를 받고 나서 바로 답장하지 못한 것은 순전히 일 때문만은 아니었습니다. 과연 어떤 말로 당신을 격려해야 할지, 시인처럼 말을 자아낼 능력도 없고, 내 나름대로 고심했기 때문입니다.
 당신과의 재회 직후, 편지에 답장하지 못한 것도 같은 이유 때문입니다. 좀 더 구체적으로 말하면, 지금의 내게 당신을 구할 힘이 없다고 생각했습니다. 그러나 실제로는 날마다 당신을 생각했습니다. 아니, 지난 몇 년간뿐만이 아닙니다. 지난 30년 동안, 가족과 행복하게 살아오는 동안에도 줄곧 당신을 생각했습니다. 나로서는 정말이지 못할 짓이었죠. 가족들한테도 미안한 마음이 들었습니다. 그러다 당신과 25년 만에 재회를 하고,

그 마음에 다시 불이 켜진 이후로 한층 자숙하는 나날을 보냈습니다.

지금 이렇게 편지를 쓰면서도 심한 초조감 속에 빠져 있습니다. 도대체 내가 무엇을 할 수 있을지, 생각하자니 책상 앞에서 번민하고 있는 내 자신에게 구역질이 납니다. 하지만 더 이상은 망설일 수 없습니다. 당신이 병마와 싸우고 있다는 것을 안 지금, 나는 마침내 망설임을 떨쳐 버릴 수 있었습니다.

나는 당신이 좋았습니다. 당신을 사랑했습니다. 당신을 안았던 그때는 거짓이 아니었습니다. 그 마음은 헤어져 시간이 흐르면 흐를수록 단단해져 갔습니다. 인생의 남은 시간이 짧아지면 짧아질수록 깨달아 가고 있습니다.

불과 한때밖에 함께하지 못했으면서, 평생 잊히지 않는 존재라는 것이 있나 봅니다. 당신과의 시간은 내 안에서 영원합니다. 그 무엇과도 비교할 수 없을 만큼 영원합니다.

일에 지쳐 혼자 있고 싶을 때면, 오크라 호텔 단골 바의 맨 구석 자리에서 술잔을 기울였습니다. 당신을 기억에서 끄집어내어 옆에 앉히고, 그 환영을 상대로 취하곤 했지요. 환영 속의 당신은 처음 만났을 때의 빛나던 눈동자로 이렇게 말합니다.

"이봐요, 호청년, 그런 일로 속 끓이다니 당신답지 않아."

지난 30년 동안 당신은 내 옆에 없었지만, 당신과의 추억은 늘 나와 함께 있었습니다. 오리엔탈 호텔에서의 재회는 분명신이 인도하신 일일 겁니다. 신앙과는 거리가 먼 나였지만, 유감스럽게도, 아니 행복하게도 당신을 통해 신의 존재를 인정하지 않을 수 없게 되었습니다. 당신을 만난 사실. 이것은 존엄한 자의, 눈에 보이지 않는 힘에서 비롯된 일이라고 여기지 않을 수 없습니다. 그러니 부디, 날 용서해요. 당신을 행복으로 이끌지 못한 나를 용서해 줘요. 모처럼 신이 인도해 주었음에도, 곧장 당신 곁으로 달려가지 못한 나를 용서해요. 당신을 그때, 30년 전, 도쿄로 쫓아 보낸 나를 부디, 부디, 용서해요. 5년 전, 당신의 집까지 만나러 가지 않았던 나를 용서해요. 망설이기만 한 나를 부디 용서해요.

당신을 사랑했습니다.

마나카 토우코 님께
호청년

제5장

안녕, 언젠가.

토우코의 편지가 도착하고 3주가 지난 8월 초순, 유타카는 방콕을 다시 찾았다. 부사장 자리에 오른 후 처음 써 보는 유급휴가였다. 이스턴 에어라인에서도 미국과 유럽 회사를 본받아 회사 차원에서 장기 휴가를 장려하고 있지만, 부사장쯤 되면 일반 사원들처럼 마음 편히 휴가를 내기가 쉽지 않다. 실제로 친구가 갑자기 세상을 떠도 일일이 장례식에 참석하기 어려울 만큼 갖가지 문제가 줄을 이었다. 한 기업의 부사장으로서, 시시각각 급변하는 체제 속에서 한시도 긴장의 끈을 늦출 수 없었다. 유타카가 하루 일을 쉬면 그만큼 회사 차원에서는 여러 면에 공백이 생기게 된다. 다시 말해 인생 최대의 승부처가 될 이 시기에 회사를 비운다는 것은 그다지 환영받지 못할 일이었다.

그러나 이번만은 유타카도 망설일 겨를이 없었다. 토우코가 그런 편지까지 써 보낸 것을 보면 상당히 위급한 상태임에 틀림없었다. 똑같은 후회, 이번에는 정말 돌이킬 수 없는 후회로 남을지 모를 일이었다. 인생을 살면서 그런 일을 두 번 경험하고 싶지는 않았다. 유타카는 주저하지 않고 비서인 카사이에게 대강의 정황을 설명하기로 했다. 이번 일만큼은 사실대로 알려야 했다. 카사이는 신용할 수 있는 인물이었고, 회사 내에서는 어느 누구보다도 유타카의 사람됨을 이해하고 있었다. 카사이는 깊이 캐고 들지 않았다. 단지 스케줄을 조정하고, 회사에 폐가 되지 않도록 일정을 짜는 등, 유타카가 부담 없이 태국에 갈 수 있도록 면밀하게 세팅했다. 현지의 니이이에게 서포터를 맡길까요, 하는 카사이의 제안을 유타카는 개인적인 문제라며 사양했다. 식구들한테는 회사 일 때문에 출장 가는 것이라고 말해 두었다. 숨길 수 있는 한 비밀로 해 두고 싶었다.

5년 만에 찾은 방콕이었지만, 유타카에게는 추억에 잠길 여유가 없었다. 1초라도 빨리 토우코를 만나고 싶었다. 편지를 받은 지 3주가 지났다. 그동안 증상이 또 얼마만큼 악화되었을지, 걱정이 되어 견딜 수가 없었다. 늦지 않으면 좋으련만. 호흡할 때마다 한숨이 새어 나오고 슬픔이 가슴을 도려냈다.

오리엔탈 방콕 스태프에게 토우코를 병문안하러 왔다고 하자, 젊은 일본인 여성 스태프 한 사람이 토우코가 현재 병원에서 나와 자택에서 요양 중이라고 알려주었다. 회복의 조짐이 보이냐고 묻자, 그녀는 고개를 한 차례 내젓고는 어두운 표정으로 대답했다.

"그 반대입니다."

호텔 측에서 마련해 준 차를 타고 앞서 말한 일본인 여성 스태프와 함께 마나카 토우코의 집으로 향했다. 가만히 있어도 땀이 줄줄 흘러 셔츠를 적셨다. 마찬가지로 가만히 있어도 눈물이 고여, 눈을 깜박일 때마다 눈물이 뺨을 타고 흘러내렸다.

기분 탓인지 빛이 하얗게 느껴진다. 도시 전체가 하얗게 발광하고 있는 것처럼 보인다. 마치 기억 속으로 퇴행하는 것 같은 신기한 기분에 휩싸였다.

토우코의 집으로 향하는 동안, 유타카는 잠자코 그리운 거리를 바라보았다. 역시 여기저기에 젊은 시절 자신들의 그림자가 있었다. 하지만 그것은 차가 다가가면 훌쩍 사라져 버리는 아지랑이처럼 허망했다.

토우코의 집은 차오프라야 강 건너 호젓한 주택가 외곽에 오도카니 자리하고 있었다. 강에 인접한 마당에는 작은 풀장도 있고, 몇 그루의 야자수가 하늘을 가리고 있었다. 거기다 온화한 바람까지 산들산들 불고 있었다. 상상했던 것보다 훨씬 훌륭한 서양식 건물이었다.

현관 앞까지 마중 나온 사람은 토우코가 고용한 태국인 가정부였다. 몸집이 조금 통통하고 일본어가 유창한 그녀는 집에 상주하면서 토우코를 돌봐 주고 있었다. 가정부는 지난 며칠 동안

통증이 심해서 음식도 제대로 못 넘기는 상태라고, 함께 온 일본인 스태프에게 토우코의 근황을 보고했다. 유타카가 간단히 자기소개를 하자 가정부는 눈을 동그랗게 뜨며, "유타카 씨세요? 히가시가이토 유타카 씨?" 하고 목소리를 높였다.

"토우코 님한테서 말씀 많이 들었습니다."

유타카가 조그맣게 고개를 끄덕이자, 곁에 있던 일본인 스태프가 호기심 가득한 얼굴로 무슨 얘기냐고 물어 왔다. 가정부는 함부로 말을 해도 될까 싶어 지시를 기다리는 눈치였고, 유타카는 괜찮다는 의미를 담아 미소를 지어 보이고는 반대로 질문을 던졌다.

"그 사람이 나에 대해 어떻게 말하던가요?"

"말씀드려도 되겠습니까?"

가정부가 다시 한 번 다짐을 구하는 듯이 유타카에게 물었다. 이제 와서 숨길 필요가 뭐 있겠냐 싶어 유타카는 힘 있게 고개를 끄덕여 보였다.

"잊을 수 없는 사람이라고 하셨습니다. 먼 옛날, 목숨을 걸고 사랑하던 사람이었다고. 헤어지고 나서도 줄곧 마음속에 있던 사람이었다고. 그 사람만을 생각하며 살아왔다고도 하셨습니다. 암이라는 것을 알고 마음이 약해지셨는지, 요즘은 매일 밤, 유타카 님 말씀을 하십니다. 어젯밤에도, 두 분이 처음 만났을 때의 일을 들려주셨습니다. 제게 들려주신다기보다, 토우코 님 자신에게 들려주는 것 같은 느낌으로…….."

"그렇습니까?"

유타카는 그 이상의 말을 할 수 없었다.

"아, 어떡한다! 이렇게 유타카 님이 오시다니……. 토우코 님에게 어떻게 전해 드려야 할지."

"왜요? 바로 알려드리면 되지 않나요?"

호텔 스태프의 말에 가정부의 안색이 어두워졌다.

"토우코 님은 특히 각별한 주의가 필요한 분입니다. 현재 토우코 님은 사람들 앞에 나설 만한 상태가 아닙니다. 그 점을 누구보다 토우코 님 자신이 가장 잘 알고 계십니다. 그렇기 때문에 병원을 나와 이곳에서 죽음을 맞으려고 하시는 겁니다. 항암제의 영향으로 머리카락도 많이 빠지고 너무 여위어서, 아마도 히가시가이토 님을 만나고 싶어 하지 않으실 겁니다."

"무슨 소리예요. 여기까지 오셨는데."

"네, 알고 있습니다. 하지만……."

유타카가 가정부의 어깨를 쥐고, 괜찮다며 부드럽게 말을 건넸다.

"나는, 토우코의 영혼을 만나러 왔습니다. 그 사람의 존재에 닿기 위해 이곳까지 왔어요. 그렇게 전해 줘요. 만나지 못한다면, 둘 다 평생 후회하게 될 거라고. 어떡해서든 만나야 하기 때문에 여기까지 온 거라고 말입니다."

그리고 나서 유타카는 한 시간 가까이 거실에서 기다리게 되었다. 함께 온 호텔 스태프와 가정부의 도움을 받아 토우코는 화장을 했다. 빠지고 가늘어진 머리카락을 깔끔하게 정돈했다. 가지고 있는 옷가지 중에서 가장 화려한 옷을 입었다. 없는 기력을 쥐어짜 가며 몇 번이고 옷을 갈아입고 있을 토우코의 모습이 유타카의 눈앞에 떠올랐다. 그 옛날 황금 침실에서 그녀가 해 보인 패션쇼와 같은 광경이 펼쳐지고 있을 게 틀림없었다.

이윽고 안내를 받아 침실로 들어서자, 침대 위에 토우코가 앉아 있었다. 밝은 느낌의 볼연지를 발라 커버하긴 했지만, 창백한 얼굴은 누가 봐도 대번에 환자임을 알 수 있을 만큼 홀쭉하다 못해 생명감이 완전히 사라지고 없었다. 죽을힘을 다해 무리한 기색이 역력하여, 유타카는 차마 그녀를 바로 볼 수가 없었다. 눈물이 자꾸 흘러 시야를 흐리게 했다. 과연 토우코답다고 유타카는 마음속으로 외쳤다. 마지막 순간까지 프라이드를 잃지 않으려는 그 모습에, 처음 만났을 무렵의 토우코의 모습이 오버랩되었다. 이제 막 경제성장을 시작한 방콕의 거리를 화려한 옷차림으로 걷던 토우코. 어느 때 같으면 불쾌하게 비쳤을 그 모습이 오히려 방콕 사람들에게 빛을 안겨 주었다. 스쳐 지나가는 여성들로 하여금, 언젠가는 자신들도 그런 모습으로 아름답고 우아하게 걸어 보고 싶은 마음이 들게 했다. 그 적극적인 화려함, 과시하지 않아도 아름답게 윤이 나는 존재. 그것이야말로 진정한 토우코다움이었다.

지금, 눈앞에 있는 토우코는 병마에 침식당한 패자가 아니라, 언제든 자신을 한껏 내보이려는 도전자의 모습이다.

유타카는 눈물을 훔친 뒤, 주위의 눈은 아랑곳하지 않고 토우코의 손을 잡았다. 그리고 말했다.

"만나러 왔어요."

토우코는 눈에 눈물이 그렁그렁한 채 미소 지으며 가볍게 고개를 끄덕였다. 두 볼이 홀쭉하니, 얼굴이 완전 반쪽이 되어 있었다. 그래도 눈에는 강한 빛이 깃들어 있었고, 시선은 똑바로 유타카를 향했다.

호텔 여성 스태프와 가정부는 두 사람을 배려하여 방을 나가주었다. 유타카는 다시 한 번 토우코의 손을 잡고 고했다.

"보고 싶었어."

토우코의 육체는 마치 바닥에 떨어진 낙엽 같았다. 바람만 훅 불어도 어딘가로 날아가 버릴 것같이 얄팍하여 간신히 침대 끝에 붙어 있는 듯한 느낌이었다.

"와 줄 거라 믿었어요."

토우코는 한껏 목소리를 쥐어짜며 말했다. 그러나 간신히 소리로 와 닿을 정도의 약한 목소리였다.

"하지만 시간이 걸려 버렸어. 미안해요."

"괜찮아요. 이렇게 와 주었는걸."

"망설인 내 자신이 한심할 따름이야."

"입장이란 게 있으니까요. 이제 부사장인데 쉽게 자리를 비울 수는 없지 않겠어요? 이렇게 여기까지 와 준 것만으로도, 회사에 얼마만큼 폐를 끼치고 있는지 잘 압니다. 나 때문에 또 폐를 끼치게 되어 뭐라 할 말이 없네요."

"그렇지 않아요. 입장 따위, 일 따위, 당신의 목숨에 비하면."

"나 같은 과거의 인간에게 여태까지 매어 있었다니, 감사의 말조차 떠오르지 않는군요."

"그렇게 슬픈 말은 하지 말아요. 나도, 뭐가 중요한지 정도는 아니까."

"뭐가 중요한데요?"

토우코는 장난스러운 얼굴을 하고 물었다.

"그건 바로 과거요."

유타카가 힘주어 말하자, 토우코가 가볍게 기침을 한 후 중얼거렸다.

"호청년."

그러고 나서 똑바로 유타카의 눈을 보며 힘을 담아 말했다.

"호청년 같으니! 여전히 당신은 호청년으로 있을 셈이군요."

유타카는 눈시울을 눌렀다. 토우코의 눈가에 미소가 번진다.

"난 당신의 그런 점이 좋았어요."

갑자기 그의 뇌리에서 그리운 기억들이 내달렸다. 첫 만남. 하루하루. 냄새. 연애. 사랑. 이별. 답답한 마음에 히가시가이토 유타카는 가슴 주변을 누르며 숨을 들이마셨다. 자신의 육체와 영혼이 분리될 것 같은 호흡곤란에 휩싸였다. 심장이 격렬하게 뛰고, 그녀가 두 겹으로 보였다.

"왜 그래요?"

"아니, 그냥, 잠깐 이런저런 옛날 일을 떠올리다 보니 가슴이 벅차서."

"마치 고등학생처럼?"

"생애 최고의 나날이었어요."

"그래요, 최고의 나날이었어요."

"그런 일은 그 후, 두 번 다시 없었어."

"으응, 나한테도 없었어요."

"그 말도 안 되는 나날."

"막무가내였죠."

"사랑하고."

"……사랑받았어요."

유타카는 그제야 미소로 화답할 수 있었다. 토우코가 뼈와 가죽만 남은 손으로 유타카의 손을 잡았다. 그녀의 뺨 위로 눈물이 한 방울 흘러내렸다. 천천히 눈을 깜박일 때마다 눈물이 뺨 위로 미끄러졌다.

"이렇게, 죽을 때가 다 되어 당신을 마주하고 보니, 마치 그때 헤어지지 않고 결혼해서 죽 함께 살아온 것 같은 느낌이 드는군요. 당신이 나의 남편이었던 것 같아. 반려자로서 이곳에서 함께 살아온 것 같아. 괴롭고 쓸쓸한 인생 따위가 아니라, 행복하고 즐거운 나날을 살아온 것 같은 느낌이 들어요."

유타카는 눈물을 참았다. 으응, 그래요, 하고 대답했으나, 울먹임만이 실내에 울려 퍼져 안타깝게 했다.

"당신 말이 맞아. 우리는 죽 함께였는지도 몰라. 난 언제든 당신을 생각했어. 우리 두 사람, 각자 다른 세상에서 살아왔지만, 역시 강하게 맺어져 있었던 거야. 단단히 맺어져 있었어."

"고마워요, 이렇게 와 주어서. 이로써 내 인생에 의미가 생겼어요."

두 사람은 손을 맞잡았다. 그러고 나서 잠시 망설인 후, 누가 먼저랄 것도 없이 얼굴을 가까이 가져가 조용히 입맞춤했다. 불과 몇 초의, 절도 있는 입맞춤이었지만, 유타카에게도 토우코에게도 엄청나게 긴 키스로 느껴졌다. 마치 자신들의 육체가 다시 젊어지는 듯, 영원불멸의 것을 손에 넣은 듯, 크나큰 행복감에 빠질 수 있었다.

입술을 떼고 곧이어 토우코가 눈을 감았다. 미간에 잡힌 주름에서 힘겨운 기색이 느껴졌다. 괜찮으냐는 유타카의 물음에 토우코는 "좀 피곤하네요."라고 대답했다.

"모처럼 와 주었는데, 오늘은 여기까지……. 좀 쉬고 싶어요."

유타카가 가정부를 부르기 위해 일어서자, 그 등에 대고 토우코가 말했다.

"사랑해요."

목소리가 나는 쪽을 돌아보자, 토우코의 눈동자가 조용히 열리는 참이었다. 그녀가 입가에 미소를 머금고 다시 한 번 말했다.

"사랑해요."

"사랑해요."

유타카가 대답했다. 그것은 과거형이 아니었다.

토우코는 이해한다는 얼굴로 한 차례 크게 고개를 끄덕이고 나서 다시 눈을 감았다. 유리창 너머 부드러운 빛이 그녀의 얼굴에 닿아 있었다. 나뭇잎 사이로 비치는 햇살이 그녀의 피부 위에 얼룩무늬를 만들었다.

밖에서 바람이 일렁일 때마다 남방의 수목이 흔들리고, 실내의 공기도 살랑살랑 움직였다. 바람이 두 사람 사이를 지나쳐 간다. 아유타야 유적 정상에서 느꼈던 그 바람과 비슷했다. 유타카는 공기를 깊이 들이마시고, 천천히 토해 냈다. 그곳에 평온한 시간의 강이 가로놓여 있는 것 같았다. 강 수면은 진녹색을 띠고, 흐름은 느렸다. 그녀를 태운 보트 한 척이 조용히, 그리고 당당하게 녹음 우거진 강 건너편을 향하고 있는 것처럼 느껴졌다.

 유타카가 일본으로 돌아오고 2주 후, 토우코의 사망 소식이 날아들었다. 발송인은 오리엔탈 방콕의 독일인 지배인. 마침, 회의를 마치고 자신의 방으로 돌아왔을 때의 일이었다.
 "어떻게 할까요?"
 메시지를 전한 카사이가 조용히 물었다. 컨디션을 핑계로 오후 미팅을 전부 취소할까요, 하고 말했다. 그러나 유타카는 일정을 고집했다.
 "괜찮아. 다음 회의 시간을 30분만 늦춰 주면 그걸로 충분해."
 카사이는 알겠습니다, 하고 말한 후 방을 나갔다.
 부사장실 의자 깊숙이 몸을 묻은 채, 천천히 지난날을 반추해 보았다. 여전히 그녀가 살아 있는 것만 같았다. 유타카의 머릿속에는 화려한 옷을 입은 젊디젊은 토우코가 있었다. 만난 지 얼마 안 되었을 무렵, 사랑에 빠진 두 사람의 모습이었다.

토우코가 까치발을 하고서 키 큰 유타카에게 끌어 안겨 키스를 했다. 그녀의 피부는 탄력 있고, 신선하고, 아름다웠다. 숨결은 달콤하고, 휘감기는 혀끝은 적당히 부드러웠다.

"이제 어떡하지?"

토우코가 밝고 생명력 넘치는 목소리로 말했다. 컬러풀한 민소매 셔츠 밖으로 드러난 아름다운 팔이 유타카의 굵고 늠름한 팔에 감긴다. 유타카는 토우코의 두 팔이 좋았다. 부드럽고 매끈매끈한 두 팔을 일부러 힘주어 붙잡고는, "부드럽다, 마시멜로 같아." 하고 놀려 그녀를 약 올리는 것 또한 좋았다.

"잠깐! 아무리 호청년이라지만 사람들 면전에서 이런 짓, 해도 되나 모르겠네."

"뭐 어때. 이런 파렴치한 옷을 입고 있는 사람이 나쁜 거지."

"하지 말랬다."

토우코를 피해 달아나면서 유타카는 행복을 느꼈다. 두 사람은 방콕의 눈부신 노상에서 서로를 끌어안았다. 주위에 일본인이 있지 않나 확인하고 재빨리 키스했다. 무모하고 대담하고 격정적인 순간을 살았던 두 사람.

"어쩜 그런 짓을."

"뭐가?"

"어째서 그런 키스를 하는데?"

"어째서라니."

좋아하니까, 라고 말하려다 유타카는 입을 다물었다. 결코 입 밖에 내선 안 되는 말이 있었다. 좋아한다든지, 사랑한다든지, 그런 유의 말을 유타카는 삼갔다. 한편 토우코는 유타카의 입에서 그런 말을 끌어낼 기회를 노리고 있었다. 두 사람은 밀고 당기는 나날 속에 있었다. 사랑의 줄다리기로 날이 새고 해가 졌다. 앞뒤 생각 없이 무턱대고 격정적으로, 감미로운 순간을 살았던 두 사람.

"이유 같은 게 뭐 필요 있어."

"어째서? 이유가 알고 싶어. 뭐든 이유는 있는 법이잖아. 당신의 그 농후한 입맞춤에도 분명 의미가 있을 거야."

"호청년이니까. 이걸로는 대답이 안 되는 건가?"

"나빠. 뭐든 호청년으로 결말지으려 들다니."

"아무렴! 나는 호청년이야. 뭐든지 용서받을 수 있는 나이니까."

"교활한 호청년!"

토우코가 유타카에게 덥석 안겨 왔다. 유타카도 웃으면서 토우코를 끌어안았다. 언제까지든 그렇게 있고 싶었다. 언제까지고, 언제까지고 끌어안은 채 있고 싶었다. 영원할 리 없다는 것을 어렴풋이 알고 있으면서도 유타카는 이 소중한 순간이 죽을 때까지 계속되기를 둔감하게 바랐다.

"지금 무슨 생각해?"

토우코가 유타카에게 뺨을 밀어붙이며 물었다. 유타카가 토우코의 귓가에 속삭였다.

"죽어도, 당신을 못 잊지 않을까 생각했어."

토우코는 유타카에게 팔을 두른 채 그의 얼굴을 들여다보았다. 유타카는 그녀의 커다란 눈동자 속에 비치는 자신의 모습을 보았다. 눈부신 태양 빛과 함께 자신이 그곳에 비친다는 것이 기뻤다. 화상이라도 입지 않을까 싶을 정도로 세상은 뜨거웠다. 그 열정 속에서만, 두 사람은 강하게 존재할 수 있었던 것이다.

"나도."

토우코는 확실하게 고했다.

"미래의 일은 생각하지 마. 우리에겐 지금밖에 없으니까."

"그래, 알고 있어."

"그러니까 안아 줘. 지금 바로 여기서 끌어안아 줘. 지금 당장 이곳에서 하나가 되고 싶어."

유타카는 토우코를 있는 힘껏 끌어안았다. 자전거며 뚝뚝이며 오토바이들이 오가는 길 한복판에서 격정적으로 껴안았다. 수직으로 쏟아지는 태양 빛 아래서 수도 없이 키스를 나누었다. 피부와 피부가 마찰하고, 혼과 혼이 부딪치고, 열정의 불꽃이 피어올랐다. 그것은 마르지 않는 유전의 솟아오르는 불꽃 같다고, 유타카는 생각했다.

  그는 아직 두 사람에게 시간이 있다고 생각했다. 아무리 쓰고 또 써도 다하지 못할 만큼 풍부한 시간이 남아 있다고 생각했다. 끝없이 펼쳐진 세계가 있다고 생각했다. 한없는 인생이 펼쳐져 있다고 생각했다. 올려다보니 중천을 달구는 태양이 하나 있었다. 눈부심이 기뻤다. 너무 밝은 빛에 눈이 마비되어 세상 모든 것이 희뿌예질 때까지 둘이서 그 태양을 올려다보고 싶었다.

  언제까지고 자신 곁에서 토우코가 살아 숨 쉬는 것만 같았다.

END

역자 후기

 인생을 두 번 살 수 있는 사람은 없다. 인생을 처음부터 다시 시작할 수 있는 사람도 없다. 인생이란 요컨대 돌이킬 수 없는 순간순간의 연속이며, 때로는 그 어느 쪽도 잃고 싶지 않은 잔인한 선택의 순간이 도사리고 있을 때도 있다. 히가시가이토 유타카의 인생 또한 예외는 아니었다.
 방콕의 하늘을 달구는 뜨거운 태양과도 같았던 여자 토우코.
 대담하고 도발적이고 관능적이고 열정적이었던 여자 토우코.
 결혼을 앞둔 호청년 유타카로서는 잠시 잠깐 한눈을 팔기에 토우코만큼 적절한 상대는 또 없었으리라. 그러나 토우코의 폭발하는 열정에 취해 잠시 탐닉하고자 했던 유타카는 정말로 사랑에 빠지고 말았다. 애초에 불장난처럼 시작된 연애였지만, 그 끝을 알기에 몸과 마음은 걷잡을 수 없이 빠져 들고, 어떻게든 되겠지 하는 사이, 시간은 흘러 급기야 애달픈 이별의 순간이 다가오고 말았다.

피지 말아야 할 자리에도 피어나는 게 사랑이라는 것, 위험을 감지하면서도 몸을 담그고 마는, 멈춰 서야 하는 줄 알면서도 멈출 수 없는 게 사랑이라는 것, 사랑은 이치가 아니라 삶 자체임을 작가는 이야기한다. 하지만 그러한 사랑을 주저앉히는 것 또한 삶이요, 현실임을 간과할 수 없다.

결국, 적당히 우유부단하고 적당히 뻔뻔한 남자 유타카는 토우코를 뒤로한 채 현실을 선택한다. 그리고 애초의 야심대로 사회적인 성공과 명예, 화목한 가정을 일궈 낸다. 어디 그뿐이랴. 일평생 자신을 그리다가 죽는 순간까지 자신만의 사랑으로 남아 준 여성을 만날 수 있었으니, 유타카는 여러 면에서 혜택을 받은 사람임에 틀림없다. 어쩌면 남자들의 로망과도 같은 것이 아닐는지.

아무리 그렇더라도 불과 넉 달간의 추억 속에 갇혀 30년 세월을 보낸 토우코의 삶은 너무 가혹하다. 단지 사랑으로 살아 낸 여자와 그렇지 못한 남자의 이야기 속에서 삶과 죽음, 인생, 연애, 결혼에 관한 본질을 되짚어 보게 된다.

영원한 행복이 없듯
영원한 불행도 없는 거야
언젠가 이별이 찾아오고, 또 언젠가 만남이 찾아오느니
인간은 죽을 때, 사랑받은 기억을 떠올리는 사람과
사랑한 기억을 떠올리는 사람이 있는 거야

누구에게나 이별의 순간은 찾아온다. 그러니 지금이라는 순간을 좀 더 열심히 살아 나가기 위해서라도 이 세상에 영원한 것은 없다고 여기는 마음이 필요하지 않을까.
지나간 시간에 대한 미련은 잠시 접어 두고, 지금은 최선을 다해 사랑할 때이다.

2007년 여름
신유희